U0909101

PARA MI OSITA

胭+砚
project:

诗人的迟缓

范晔 著

東方出版中心

目录

如果在冬夜，三位旅人

001

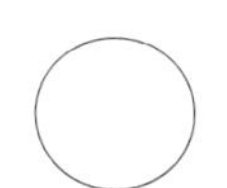

在水星的光环下

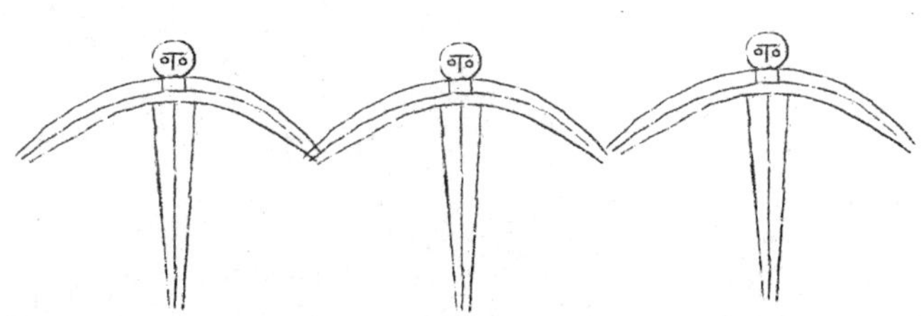

书房即故乡

135

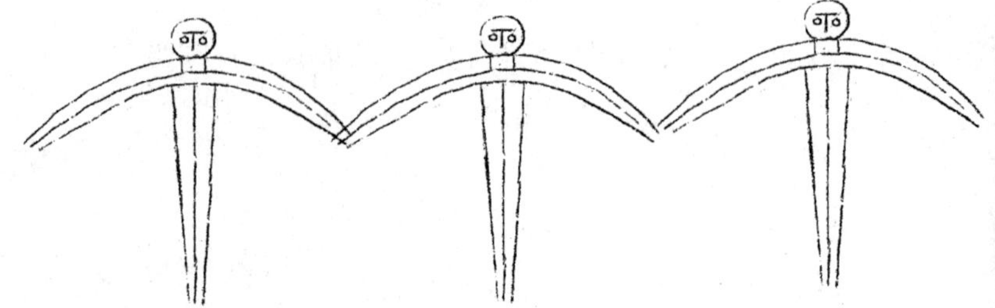

如果在冬夜，三位旅人

如果在冬夜，三位旅人

“如果在冬夜，三位旅人……”我一厢情愿地相信，如果卡尔维诺（Italo Calvino）有知，他也会欣然允准我篡改他的小说篇名来纪念下面发生的事件。三位冬夜里的旅人应朋友之邀，踏上从巴黎开往布拉格的火车。他们是哥伦比亚人加西亚·马尔克斯（Gabriel García Márquez），墨西哥人卡洛斯·富恩特斯（Carlos Fuentes Macías）和阿根廷人胡利奥·科塔萨尔(Julio Cortázar)。时间是 1968 年。邀请他们的人是米兰·昆德拉（Milan Kundera）。

说到这里我忍不住想象，会有多少读者像我一样兴奋莫名，非念诵十六世纪西班牙神秘主义诗人的名句不足以表达心情的激动："¡Oh noche, que guiaste! ¡Oh noche, amable más que el alborada!"（黑夜啊，你这引领者！黑夜啊，你可爱胜过晨光！）想想看，那一年那一夜，那一路，那些人。或许有人说这不过是偶然的因缘遇合，但科塔萨尔早说过：生活中没有比偶然的遇合更必然的东西。又比如说在 1984 年，胡里奥·科塔萨尔走到了"跳房子"游戏的最后一格，也是在那一年米兰·昆德拉出版了《生命中不能承受之轻》。

□ □ □

那个冬夜在加西亚·马尔克斯这位回忆与遗忘的大师的讲述中不断复现。从巴黎一同坐火车去布拉格——马尔克斯在某次追忆中特意说明，因为三个人都对飞机抱有恐惧。三个人海阔天空地闲聊，车窗外闪过甜菜的海洋，无边的各样厂房，战争浩劫的种种遗迹。临睡时富恩特斯随口问了科塔萨尔一句，爵士乐里是从什么时候开始有钢琴的。提问的人或许只想知道一个人名，一个日期，但得到的反馈却是一堂精彩眩目的课程，伴随着大杯的啤酒，血肠和凉土豆，一直持续到凌晨。在马孔多之父的印象中，科塔萨尔非常善于斟酌字句，他管风琴般的深沉嗓音，骨节粗大的双手都极富表现力——将近四十年后，马尔克斯又一次写道："我和富恩特斯永远都不会忘记那个独一无二的夜晚所带来的惊奇。"

□ □ □

去年（2010年）的这个时候，我坐了五个多小时的大巴从西班牙南方的格拉纳达赶到马德里，只为了美洲之家（Casa de América）组织的一次"向科塔萨尔致敬"的活动。场间休息的时候，我鼓起勇气上前，请科塔萨尔的遗孀奥萝拉（Aurora Bernárdez）女士在一本《秘密武器》上签了字，但没好意思告诉她，自己勉强也算是她的同行，译过科塔萨尔的《万火归一》。这位女士是作家和翻译家，曾把加缪、萨特、福楼拜翻成西语，也无疑是我见过的所有九十岁的老奶奶里最可爱的。与会的一位研究者讲起自己帮奥萝拉整理科塔萨尔遗稿的工作，已过世多年的阿根廷作家成了他生活中最重要的人，以至于三岁的小儿子在他周末出门见朋友的时候好奇地问道："爸爸，你今天去见谁？——

科塔萨尔吗？”

那一次也见到了被国内文学史书称作拉美“文学爆炸四大天王”之一，与科塔萨尔、马尔克斯、略萨（Mario Vargas Llosa）并称的富恩特斯本尊。生于1928年的富恩特斯，《最明净的地区》之创造者，一头银发，风度翩翩，不带半点暮气。即使在完成了朋友托付要来签名之后，我仍然心下恍惚，觉得这等以前只在书里读到的神祇，似乎不该这么容易在眼前现身。

活动的下半场由科塔萨尔的生前故旧一一追缅，却还是富恩特斯的几句话给我印象最深。在演讲的最后，他说起二十多年前那一天自己从报纸上得悉科塔萨尔在巴黎去世的消息，随即给马尔克斯打了电话。他特别记得做过多年记者的马尔克斯回答了这么一句：“卡洛斯，不能报纸上说什么你就信什么。”

□ □ □

我手头这本2007年结集出版的《“加博记”：重读加夫列尔·加西亚·马尔克斯的艺术》（*Gaborio: artes de releer a Gabriel García Márquez*）里收录了一篇富恩特斯的回忆。当谈到自己和加博（加西亚·马尔克斯的昵称）共同的朋友，他提到了科塔萨尔的名字。“回望我们生活中的无数章节”，他说道，有一位作家朋友“加博和我都会把他置于最重要的地位”，那就是胡里奥·科塔萨尔。他相信如果不曾结识这位“伟大的克罗诺皮奥”，“无论我自己还是加博，我们都不会成为如今的自己，或者我们希望成为的自己”。他果然也提到了1968年12月的那个不断被回忆和复述的夜晚。他印象中的科塔萨尔仿佛一个马拉喀什广场上的阿拉伯故事大王，一一数点所有发生在火车上的小说，然后是所有发生在火车上的电影，最后从火车头的轰鸣说到爵士乐，钢琴和爵士乐的渊源……凌晨到达布拉格的时候，昆德拉正在车站等他们。“他把我和加博带去蒸桑拿，后来我们觉得太热要求冲个澡，米兰就领我们到伏尔塔瓦河边，把我俩推进冰冷的河水里。”他还记得从河里出来的时候马尔克斯说的话：“有那么一瞬间，卡洛斯，我还以为咱们要一块儿死在卡夫卡的家乡呢。”

□ □ □

1968 年不曾死在卡夫卡的家乡，1984 年没有相信报纸上科塔萨尔去世的消息，2010 年富恩特斯从墨西哥城（也是他的朋友加博居住的城市）赶到马德里纪念另一位朋友。我有时不禁惊讶于一些拉美作家之间这种奇妙的同气连枝。秘鲁作家阿格达斯（José María Arguedas）曾向《请听清风倾诉》的作者奥内蒂（Juan Carlos Onetti）致以“一个作家对另一个作家所能表达的最高敬意”：他说他在智利的圣地亚哥，但他真正想在的地方是乌拉圭首都蒙得维的亚，为的是遇上奥内蒂，“握住他写作的手”。当年富恩特斯第一次读完《百年孤独》兴奋莫名，立刻给科塔萨尔写信，告诉他美洲有了自己的《堂吉诃德》，“读完这本书我感觉自己焕然一新，就好像刚刚和所有的朋友都握了一遍手”。

那天在会场的聚光灯下，面对美洲之家所有的在场听众，富恩特斯又说起当年打给马尔克斯的那个电话：“报纸是不能相信的”——我和其他人一样正听得入神，不想他接下来一句话就结束了演讲：“所以我们知道，科塔萨尔从未离开，他一直和我们在一起。”

科塔萨尔奇境

艺术家的画像

❑ 版本一

胡利奥·科塔萨尔，阿根廷作家，拉美“文学爆炸”的代表人物之一。四十年代首次发表作品，即他的短篇名作《被侵占的住宅》，决定用稿的杂志编辑名叫博尔赫斯(Jorge Luis Borges)。后因不满庇隆政府于1951年移居法国，在联合国教科文组织任译员。1963年以长篇小说《跳房子》震惊文坛。著有《秘密武器》《万火归一》等多部短篇小说集、诗集、一部关于济慈的著作和《克罗诺皮奥的故事和法玛的故事》等若干文体上难以归类的作品。热爱爵士乐，曾一度支持古巴革命。1984 年在巴黎去世。

❑ 版本二

1958 年。巴尔加斯·略萨应邀赴宴，被安排坐在一个瘦高的年轻人旁边。他们像两个初入文坛的见习骑士一样交流各自的写作经验和计划，那年轻人说到兴奋处一双大手上下挥舞。直到晚宴结束，略萨才知道这个看起来与自己同龄的年轻人正是年长他二十二岁的胡里奥·科塔萨尔，在博尔赫斯主编的《南方》杂志上常常读到的科塔萨尔，已经出版了《动物寓言集》、翻译过爱伦坡的科塔萨尔。

❑ 版本三

1980 年 7 月 11 日，住在贝尔格莱德的西尔维娅·蒙罗斯–斯托亚克维奇决定再次尝试给住在巴黎的著名阿根廷作家写信。只是这一次她在读过后者的《八十世界周游一天》后，把信开头的称呼“尊敬的科塔萨尔先生”改成“最胡利奥的胡利奥”，在信里请求作家帮忙提供一份关于他作品的研究书目，作为交换她给作家胡利奥讲了两个小笑话，并且许诺，如果他肯回信，她就再讲一个。这一次科塔萨尔很快就回了信。信是这样开始的："最西尔维娅的西尔维娅……"

❏ 版本四

1983 年年末，病重的科塔萨尔回到他在伯雷将军大街的家里——包括《跳房子》在内的许多作品都是在这里完成，他也将在这里写下自己最后的文字。1984 年 2 月 12 日，在被送进圣拉撒路医院的前夜，科塔萨尔对他的第一任妻子奥萝拉说："不用为我担心。我就要去我的城市了。"

❏ 版本五

……

▍质疑者和上楼梯

巴尔加斯·略萨说，对现实的怀疑态度"是文学存在的秘密理由"。这已足够引起我们的警惕。艺术家是质疑者。质疑正常生活中本该无人质疑的东西：“奇怪的是人们会相信铺床就是铺床，握手就永远等于握手，开一个沙丁鱼罐头就和开无数的沙丁鱼罐头没有两样。‘但这些都很奇特’，皮艾尔边想边笨拙地将蓝色的旧床罩铺平……”艺术家是有亚当之眸的人——仿佛伊甸园中的亚当初次观看新造的万物，为之一一命名，并附上使用手册。比如像上楼梯这样司空见惯的行为，科塔萨尔这样的艺术家有能力将之陌生化，描述成一次全新的探险，以至于我们险些要相信自己真的需要这样一份指南：

“上楼梯时一般应面对楼梯，因为侧身或背对楼梯进行将产生相当程度的不适。正常的做法是采取站姿，双臂自然下垂，抬头（但不要过分抬头以至于眼睛看不到下一级台阶），呼吸须平缓而规律。上楼梯应从抬起位于身体右下方的部分开始，该部分一般会被皮革覆盖，除个别情况外其大小与台阶面积吻合。该部分（为简便起见我们将该部分称作脚）安置在第一级台阶上之后，抬起左边对应的部分（也称作脚，但请勿与此前提到的脚相混淆），将其抬至与脚相同的高度，继续抬升直到将其放置在第二级台阶上，至此，脚在第二级台阶，同时脚在第一级台阶。（最初的几级台阶通常最为困难，在熟悉了必要的配合后情况将好转。脚与脚的重名也为说明造成了困难。请特别注意：不要将脚与脚同时抬起。）”

小心玻璃

不要去巴黎的植物园。去了巴黎的植物园也不要去那里的水族馆，更不要整天呆在那里，把脸贴在水族箱的玻璃上，连续几个小时看那些美西螈的眼睛：“我的脸紧贴在水族箱的玻璃上，我的眼睛再次试图进入那些没有虹膜也没有眼睑的金色眼睛的神秘里。我看着一条静止不动的美西螈的脸，触手可及，在玻璃的那一边。不需过渡，毫无意外，我看见我的脸贴在玻璃上，不是美西螈是我自己的脸贴在玻璃上，在水箱外面，在玻璃的另一边。”这是一个情节简单的故事，完全可以用开头第一段的三句话来概括：

“有一段时间我总是想着美西螈。我常去植物园的水族馆，一看就是几个小时，看它们的静止不动，看它们黑暗中的运动。现在我成了一条美西螈。”

故事里的“我”偶然地——科塔萨尔会说，没有什么比偶然的相遇更必然的事——看见，并迷上了美西螈。从第一刻起“我”就意识到自己与这种小型两栖动物之间有一种关联，虽然极其遥远并无法索解，但依然没有断绝。最后“我”分裂成两个自我,一个作为美西螈生活在水族箱,另一个继续在原来的世界,渐渐抛下这种异乎寻常的迷恋。

把脸贴在玻璃上的危险不止于此，如果你像那个叫玛利尼的乘务员一样，当一周三次在正午时分飞过爱琴海上叫希罗斯的希腊小岛，都要把脸贴在机尾舷窗玻璃上静静看上几分钟，“感觉玻璃的冰冷好像水族馆的边壁，其中有金色的海龟缓缓移动在蓝色的汪洋”。直到海龟形状的岛屿在视线里消失，然后是拒绝换到更好的航线，任凭女友和特雷维索的某位牙医结婚，到旧书店翻看有关希腊的书，学习用希腊语问好，终于来到岛上，计划开始新的生活，“抛却旧我并不容易，但在这里，在高处，烈日长天，他感觉这转变是可能的。他在希罗斯，就在自己曾无数次怀疑能否抵达的地方。他仰面躺到滚烫的石头上，忍耐着石头的尖棱和火热的背面，直直望向天空”，而这时候“远远传来引擎的轰鸣”。空难发生，他奋力救下唯一的幸存者，却无力挽回那男人的生命。直到小说的最后一句，描述岛上的居民“跟往常一样，他们孤独地呆在岛上，那具睁着眼睛的尸体是他们与大海之间唯一的新鲜事物”，读者才恍然大悟，原来这一切，小说大半篇幅极力描写的新生活，都是玛利尼把脸贴在玻璃上向下观望岛屿时几分钟里的幻象，玻璃两侧（现实中和想象中的）自我同时在坠机中——玻璃破碎之时——毁灭。

奇异的他者和双重的自我都是科塔萨尔心爱的主题。二者其实是同一个，当奇异的他者闯入我们日常的世界，或偶然的邂逅——爱丽丝误入奇境或奇境闯入爱丽丝——美西螈或者正午的岛屿使我们不安或迷恋，从此上演自我身份的变形记。

变色龙切面包

为了成功地免疫科塔萨尔，我们需要读一封信，写信的人是济慈——科塔萨尔为他写过一本将近六百页的书。

在 1818 年 10 月 27 日写给伍德豪斯的这封信里——科塔萨尔称之为“变色龙书简”——济慈将诗人描述为“没有自我的人”，亦光亦影，可高贵可卑贱，可富足可贫穷……诗人没有固定的形态，是变色龙。相似的观念诗人在别处也曾多次提到，比如 1817 年 11 月 22 日的信里，他认为“天才”没有个性，没有任何既定的性格。

如果有一天你开始对切面包感到严重的困扰：

“面包在你面前，在桌布上。这是实实在在的东西，没错，颜色美极了，香味扑鼻。某种不是我的东西，与我不同，在我之外。但如果我摸到它，伸出手指去撕下一块，事情就不同了，你不觉得么？面包在我之外，但如果我用手指头摸到它，感觉到它，感觉到那就是世界，可既然我能摸到它感觉到它，那么就不能真正地说那是别的东西，你觉得能那么说吗？”

这是变色龙诗人面对的挑战，自我和外界的界限模糊甚至消弭了，无从定义“我”和那“不是我”的他者。惊心动魄的变化竟然时时刻刻在身边发生，质疑者的影子再次出现：

“我敢摸它，把它切成两半，把它放进嘴里。什么事也没发生，我知道——这正是可怕的地方。你没觉出来什么事都没发生才可怕么？你切开面包，刀子插上去，而一切都跟以前一样。我不明白，布鲁诺。”

这是爵士乐天才约翰尼的困惑。这位酗酒、吸毒，生活放荡不羁，一团混乱的萨克斯乐手，面对自己的传记作者布鲁诺，却不愿意谈自己的音乐，精彩的过往，未来的计划。他关心的是一些“真正困难的事”，人们认为最寻常不过的事：照镜子，坐地铁，看一只猫或一只狗。布鲁诺试图帮助他“回到现实”，虽然这几个字令他“感到恶心”，他知道“约翰尼说得有道理，现实不该是如此而已”，在心底深处羡慕他甚至嫉妒他，但他同样清楚不能按着约翰尼的样子想下去，不然“我们最后都会发疯”。人恰恰是靠着与世界的区分来自我认定，一旦这种区分被消弭，随之而来的是混同与失丧的恐惧。

“当我和其他人一起置身于一个沙龙里，如果我没有像一直以来那样忘我地沉浸到头脑的思考和创造中，我就不再是自己，在场的他人的个性开始对我施加影响，以至于我的自我迅速消失……不仅在成人之间，就是孩子们的房间里也没有不同……”但科塔萨尔版本的济慈在迷失自我的危机中同时发现了机会，“约翰知道空气能使钢铁氧化”，被侵入者可以变成入侵者，这是诗人的反击：因为没有固定的个性，正可以随物赋形，变化无穷。艺术家都是普罗透斯。而变化之后仍要回到起点，旅行的回程才是诗人资格的验证，变成美西螈之后不忘记写下一个叫《美西螈》的故事：

“他不再回来，在这最终的孤寂中，我不无欣慰地想到，或许他会写写我们，写下关于美西螈的这一切，同时相信自己只是在想象一个故事。”

偶然和小熊星座

科塔萨尔为什么喜欢爵士乐？或许是因为在他眼中，爵士乐是自由的游戏，“一种自我解放的谦卑的练习”，“包容一切想象的音乐”，充满不确定，特别是爵士乐标志性的即兴色彩，向“偶然”开放——科塔萨尔会说，偶然只是尚未揭晓的必然。

奥利维拉和“小巫女”在巴黎的街巷间兴致勃勃地玩起不期而遇的游戏，挑战擦肩而过的危险：“‘可要是我没碰上你怎么办？’我问她。‘不知道——可你看，你不已经在这儿了？’”有时候一些偶然巧合到令人不安的程度，经历者不得不重新思考“偶然”的含义：

“人们将很多事物归之为偶然，用这个词来解释或自我解释这一类生活中的巧合，而我出于直觉地感到，这什么也解释不了。”这些事物对应着另一套迥异的法则体系，与我们日常的“白昼法则”相对应，科塔萨尔称之为“黑夜法则”：“这些黑夜法则，神秘的法则，对我而言具有与白昼法则相同的效力。因此那些看起来令人不安的偶然或巧合并不会使我诧异。我将它们看作是那些迥异的法则运行的结果。”科塔萨尔借用中世纪文学术语称之为“喻象（Figura）”。黑夜匠人的无形马赛克，诗人的宇宙万花筒，艺术家的时空拼图游戏：

“我们看见大熊星座，但组成这一星座的星星们并不知道自己是大熊星座。或许我们也是大熊和小熊星座但自己不知道，因为我们藏身于我们的自我中。”

另一个科塔萨尔的故事《万火归一》是“喻象”的绝好写照，包含两个时空设定——古罗马帝国的外省和现代的巴黎，两段三角情爱同步交错进行：爱情—争斗—死亡—火。双方彼此间互不知情，但科塔萨尔不遗余力地暗示，冥冥中存在奇异而精确的关联。

彼此缠绕的两缕情节线都以问候和致意开始：“将来某一天他的雕像就会是这个样子，总督不无自嘲地想，同时举起手臂，停在致意的姿势，凝固在观众们的欢呼声中。”两千年后的巴黎某一公寓里：“‘你好，’罗兰·雷诺阿说，同时拣出一根烟，作为拿起听筒后一个必然的后续动作。”

“毒药”与背叛：总督为了除掉妻子的角斗士情人（他想象中的背叛），事先给角斗士下了毒。总督妻子在竞技场有所察觉：“‘毒药’，伊蕾内在心里喃喃自语，‘有一天我会找到那毒药。’”果然这毒药在两千年后被“找到”，只是换了不同的形态——被情人抛弃的（真实的背叛）让娜用以结束自己生命的安眠药。

“‘喔。’罗兰说，擦着一根火柴”，叙述中紧接其后的是“黑巨人手中挥出一道鳞光闪闪的湍流”，仿佛罗马角斗士的兵器被巴黎公寓里的火柴点亮。“他一向喜欢字斟句酌，避免浮泛的词句……要斟酌最简洁的理性的回答，使这可悲的冲动恢复正常。一记佯攻和一次边路冲击之后……有个声音告诉他这一回努比亚人将改变进攻的顺序”，迥异时空中的事件描写交错推进，其间毫无过渡：罗兰应付女友的修辞术，堪与罗马角斗士的战术媲美，而这电话中的爱情纠缠，其激烈程度并不下于斗兽场上的生死搏杀。

两个时空中的受害者同时丧命，当马可的“手臂已经不动了”，读者也从宠物的表现中得悉主人的结局：“猫咪看来不喜欢让娜一动不动”；胜利者们没有想到，即刻便有同样的宿命降临：巴黎公寓里“纱手绢在烟灰缸边缘燃烧起来”，罗马斗兽场中“那帷幔正化为碎片，火花如雨倾泻到惊惶寻路的人群头顶”。一喉两歌、彼此应和的两段故事最后都以火灾告终，汇入爱与毁灭的烈焰和声，万火归于一火。科塔萨尔成功地从“分成两半的子爵”跃升为当今世代的毕达哥拉斯。他仰望大熊星座，追寻万事万物间神秘的黑夜法则：重复、变位、合一。

“通过梦想和游戏这两扇门……”

科塔萨尔不止一次在访谈中提到“自己的城市”：“无论您相信与否，那座城市在我里面存在。真实地存在。很多年前我就开始梦见它，渐渐了解它，就像我在《62 型装配》里描写的那样。在我的材料里，保存着一张城市地图，我在梦境里不断深入其间，陆续为之添加细节，广场，街巷，河道。”

科塔萨尔不会不同意贡布里希评论约翰·赫伊津哈的《游戏的人》时所说的话：“人类超越现实的冲动永远是富于创造性的，它决不是软弱的症状，而是力量的表现，而这力量是梦想的力量，能创生奇境，游戏其间。”

与梦相关联，游戏是另一种进入奇境的通道，“寻找我们必须和不可替代的现实”。写作本身也不外乎是游戏：“对我而言，写作是游戏世界的一部分。”科塔萨尔在《克罗诺皮奥的故事和法玛的故事》中创造了一种叫作克罗诺皮奥的小生灵，被评论家视为艺术家的缩影。关于克罗诺皮奥，我们只知道，他们是绿色的，湿润的，多少带着孩子气，而且——毫不奇怪——他们都生活在布宜诺斯艾利斯。这本“游戏之书”的最后一篇名为“乌龟和克罗诺皮奥”：

“乌龟是速度的崇拜者，这是很自然的事……克罗诺皮奥也知道，他们每次看见一只乌龟的时候，就掏出彩色粉笔盒来，在乌龟背后圆圆的黑板上，画一只燕子。”

这可能是科尔塔萨全部写作“游戏”的最佳“喻象”。

相信梦想的力量为奇境艺术家提供了独特的认知论：“我今生从未在清醒的时候看到它”，永远在梦中游历；而游戏代表着自愿性，非功利性，创造，以及在种种限制中的自由之美，成为反抗机械的、严酷的专制势力的武器，“每天的食物”：

“神奇因素属于某种永远不要轻易排除的东西。未来的人类，正如我们许多拉丁美洲人所梦想的那样，一定会找到真正属于人类自己的现实基础，同时一定会保持这种梦想和游戏的能力……因为通过梦想和游戏这两扇门，那另外的因素、那神奇的空间和那预料之外的东西总会进入我们的生活……”

远离奇境

科塔萨尔独特的危险之处在于，他所创造的不是架空的幻想世界，而是此间的奇境，是布宜诺斯艾利斯市加拉伊街的房子里第十九级台阶上的阿莱夫（顺便向失明的图书馆长致敬），是巴黎地铁里的曼陀罗，阳台上飘舞的牙膏彩虹，办公室传出的塞壬之歌。他引发我们以另一种方式来观看，联想，和生活，把我们从麻木状态中解放，扩展我们的自我——我们“偶然”发现这正符合哈罗德·布鲁姆版本的对“天才”的定义——最大限度地激发我们的想象：“我在夜间进入我的城市……蜿蜒的街巷将我引向与未知者的相遇。”

济慈在 1819 年 8 月 24 日的一封信里说：“灵魂自身是一个世界。”艺术家的自我是他（她）最初的原材料，创作过程，也是最终的作品。即使你从未写过一行诗，毕生远离键盘，线谱和颜料，你仍然有可能不幸地沦落为科塔萨尔的同路人，一名“我们自己的自由艺术家”。因而我们的建议是：不要质疑任何日常事物，既定秩序，时间，语言，自我。避免一切可能威胁到这个清晰安稳，条理分明的世界的事物行为：小心玻璃，少去植物园，不听爵士乐。上楼梯就是上楼梯，切面包就是切面包。不要把一条蜘蛛腿放进信封里并写上地址和“外交部长先生 收”，不要在自家的花园竖起绞刑架，不要在高速公路上堵车的时候爱上旁边车里的姑娘，也不要在自己的车里留下她的玩具熊，如果你都已做到，成功地远离科塔萨尔的奇境，那么请接受我们的祝贺：

——欢迎回到安全无害的庸常世界。

黑衣少年不死者

（Julio Cortázar, 1914 — 1984）

“有一次我记得看见他从圣马可街的一处门廊下出来，身披黑色学士袍，是那种五年前一度流行、与帽尖高得夸张的帽子搭配的样式。”

上面的片段出自阿根廷作家胡里奥·科塔萨尔的短篇小说《另一片天空》，主人公在巴黎午夜的咖啡馆邂逅这位神秘的“南美佬”，他总是要一杯苦艾酒，“神情是一如既往地优雅、恍惚而阴郁”。加西亚·马尔克斯在怀念文章里特意引用了这篇小说中的描写，说那简直就是作家科塔萨尔自己的写照：“他一定是照着镜子写的。”

小说中的“我”往来于两个不同的世界——二战时期的布宜诺斯艾利斯与普法战争前夕的巴黎，布市的古埃姆斯通道和巴黎的维维安拱廊街构成神秘的时空连通器。圣埃克苏佩里在1931年曾寓居古埃姆斯通道上方的公寓，据说这位《小王子》的作者还在浴缸里养了一只海豹当作吉祥物，至于以维维安街为代表的巴黎拱廊街，被称为“室内的街道”“微型的世界”，曾被巴尔扎克所赞颂：“以橱窗的万千色彩为音节来吟唱的宏大诗行”，被本雅明所迷恋（他因之而萌生了包罗万象的《巴黎拱廊街》计划），对于波德莱尔这等忧郁的浪游者，那里更是无数次流连的秘密家园。然而注定要失去的乐园从起初就有暗影徘徊，在恐怖的连环杀手洛朗之外，更有那位神秘的“南美佬”不时闪现，主人公对他抱有浓厚的兴趣，怀疑他便是凶手洛朗，甚至在失去自己的“另一片天空”后莫名其妙地归咎于他：“是他为我们杀死了洛朗，也借着他自己的死亡杀死了我”，但直到终篇似乎也没明确的交待。这其中的玄机隐藏在小说中的两处法语引文里。科塔萨尔有意略去作品与作者的出处——引文出自法国十九世纪诗人洛特雷阿蒙的《马尔多罗之歌》（*Les Chants de Maldoror*）。“洛特雷阿蒙伯爵（Comte de

Lautréamont）”只是他的笔名，诗人本名伊希多赫·杜卡斯（Isidore Ducasse），出生于乌拉圭首都蒙得维的亚，他的孤独，他近乎癫狂的写作，他的英年早逝，都可以在小说中“南美佬”身上找到折射的镜像。惊世骇俗的《马尔多罗之歌》出版于1868年，正是小说中的“我”浪迹于巴黎拱廊街区的年代。在第四歌第五节，马尔多罗在房间遇见一个邪恶的幽灵，小说开篇处的引文“这双眼眸不属于你，你从何处得来？”即马尔多罗向幽灵的质问，但最终他发现那正是自己的眼睛，幽灵正是镜中的自己。同样，凶手洛朗在某种程度上构成洛特雷阿蒙/“南美佬”的缩影，正如“Laurent（洛朗）”是“Lautréamont（洛特雷阿蒙）”的一部分：“‘南美佬’和洛朗，一个死在他旅馆的房间里，一个消失在虚无中……二者几乎是同一个死亡”。如果愿意走得更远些，读者会发现：“Lautréamont（洛特雷阿蒙）”还可以拆解成“L′autre monde（另一个世界）”，另一片天空。

洛特雷阿蒙的父母是法国人，自己出生于南美，科塔萨尔的双亲是阿根廷人，而他出生于欧洲（布鲁塞尔）——两个“南美佬”互为镜像。科塔萨尔笔下的“南美佬”身穿一件黑色学生袍，据马尔克斯回忆，他第一次见到科塔萨尔时，后者穿的就是这样的黑大衣。那是1956年的巴黎。早在这之前加西亚·马尔克斯就读过科塔萨尔的《动物寓言集》，阅读地点是哥伦比亚卡塔赫纳的妓院里（好像福克纳说过，妓院是作家最好的栖身处，白天安静，晚上热闹）。那时候《百年孤独》当然还没出世，但马尔克斯当时就认定，自己想写的就是像《动物寓言集》这样的小说。

《另一片天空》中的“我”曾试图与“南美佬”搭话，却终于退缩，错失了与另一个自己相遇的机会，“我记不清当时抗拒自己的冲动时的感受，但那好像是一道警戒线，感到一旦逾越就将进入危险的区域。然而我现在想来自己做出了错误的选择，那时我只差一步就可以拯救自己”。这恰恰与马尔克斯的经历暗合。他在巴黎浪迹的时候听说科塔萨尔常去圣日耳曼街的Old Navy咖啡馆，便在那里蹲守了数星期，终于等到科塔萨尔“像个幽灵般出现”。他有着最惊人的身高，最淘气的男孩的脸，小牛似的眼睛，裹着一件鳏夫或教士才穿的、长到无穷无尽的黑大衣。马尔克斯远远看着他在本子上写什么，一刻不停写了一个多小时，然后把钢笔放回兜里，“长着孩子脸的巨人”离开了咖啡馆。马尔克斯终究没能鼓足勇气上前搭话。许多年后，当两人成为好友，他不好意思再提及当年巴黎的相遇，也没来得及去问那个一直令自己困惑的问题：为什么这么多年过去，除去多了那部大胡子，科塔萨尔的样子没有任何改变。两人共同的好友，墨西哥作家富恩特斯当年第一次上门拜访，就曾被他年轻的面孔迷惑："我们是来找你爸爸科塔萨尔的。"刚刚为他打开房门的科塔萨尔回答："切"，这是阿根廷人典型的口头禅，"我就是我爸爸"。1984 年科塔萨尔去世，加西亚·马尔克斯表示拒绝参加一切哀吊仪式，因为他同意科塔萨尔小说里的人物所说，相信一位大家共同的朋友会死，是荒谬到可笑的事。乌拉圭作家加莱亚诺（Eduardo Galeano）的妻子梦见过科塔萨尔，后者跟他说：死亡是件无趣的事。在梦里科塔萨尔还说，他正想写个跟死亡有关的故事。

或书里，或书外，黑色大衣下苍老的少年不死。或过去，或未来，就像现在，与我们在纸上相遇："我格外留意，看见他付了苦艾酒的钱，向白铁盘里丢进一枚硬币，与此同时向我们这边——仿佛我们在一个漫长的瞬间里丧失了存在——露出一个疏远而又关注的奇异表情，脸上的神情好像沉浸在梦幻的瞬间。"

克罗诺皮奥小百科

○　**桃子（Durazno）**

一个叫巴勃罗·聂鲁达（Pablo Neruda）的克罗诺皮奥说，任何不读科塔萨尔的人命运都已注定。那是一种看不见的重病，随着时间的流逝会产生可怕的后果。在某种程度上就好像从没尝过桃子的滋味，人会在无声中变得阴郁，愈渐苍白，而且还非常可能一点点掉光所有的头发。

○　**楼梯（Escalera）**

1953 年某日，意大利的一家博物馆里，科塔萨尔和妻子奥萝拉正一起吃力地爬楼梯，她突然说："问题在于这楼梯是下楼用的。”科塔萨尔很喜欢这句话，回答道：“应该写个指南，说明怎样上楼梯和下楼梯。”就这样有了《上楼梯指南》及其他《指南》。参看“旅行”。

○ 文体（Género）

克罗诺皮奥们为文体分类造成了困难。你手上的这本小书不太像小说，不太像散文，更像是……诗歌。如果阅读“罗马灭虱指南”这样的篇目时感到困惑，可考虑读一读胡戈·弗里德里希《现代诗歌的结构》中谈及“语言魔术”的段落：“从诺瓦利斯到坡到波德莱尔，他们都仔细思考过一种方式，让抒情诗文本不仅仅出自主题和常见话题，而且，甚至是专断地让其出自语言音调的组合可能性，出自词语意义的联想式振荡”，制造出“让读者即使‘理解’不了也无法挣脱的辐射”。

○ 习性（Hábitos）

在大克罗诺皮奥（见“称号”）写的这本关于克罗诺皮奥的小书里，他提供了一些描写，但几乎从不解释。我们只知道：克罗诺皮奥是些“绿色又湿润的家伙”，而艾斯贝兰萨是空气中“闪光的微生物”。克罗诺皮奥主要生活在布宜诺斯艾利斯，但也在原野和荒漠出现。他们去商店购物，去各地旅行并在酒店过夜，和法玛一起去洞穴探险，从事医生、邮局职员、行刑队员、无线广播局局长等工作。克罗诺皮奥见面打招呼的时候会说："克罗诺皮奥克罗诺皮奥……"或"特雷瓜卡塔拉艾斯贝拉……"

○ 幽默（Humor）

克罗诺皮奥的故事中充斥着幽默感，不仅仅令人发笑而已。那是一种黑色或浅黑色的幽默。科塔萨尔认为幽默是自己在英国文学中学到的重要一课，"英国人能为幽默赋予非常严肃的功用"。《曼努埃尔之书》的序章一度激起他许多革命战友的不满，在他们看来幽默和革命毫无关联。科塔萨尔说他觉得有关联。一次对谈中，诗人 Saúl Yurkievich 称在拉丁美洲人们为自由和解放与所有的压迫者作战，与所有的审查官和警察局长作战，科塔萨尔立即加了一个修饰语："那些没有幽默感、还不懂爱情的警察局长"。

○ 新词（Neologismo）

在克罗诺皮奥系列第一篇的第一句："有一次一位法

玛在一家挤满了克罗诺皮奥和艾斯贝兰萨的货栈前跳特雷瓜又跳卡塔拉”，一股脑出现了五个科塔萨尔自造（或在全新意义上使用的）新词：fama（法玛），cronopio（克罗诺皮奥），esperanza（艾斯贝兰萨），tregua（特雷瓜），catala（卡塔拉）。好像他觉得这些都是根本不需要解释的“常识”，好像我们都应该对这些奇异生物及他们的世界无比熟悉。他在自己的短篇小说中常不经意间揭开壁毯一角，令我们得窥所谓现实世界的“背面”，而在这里又暗示那“透明粘团块”一般、人们生存其中而不自觉的秩序系统之外，存在另一种“常识”的可能，诱使我们去“拒绝所有被习惯舔舐到柔顺得令人心满意足的一切”。

不乏好事者认为法玛象征着刻板虚伪的资产阶级，而克罗诺皮奥则是艺术家们的写照，在此发现了一种人类的划分方式。不过科塔萨尔自己未置可否，坚持说他写作的时候绝没有这个意图，写这本书只是“一种很迷人的游戏”。

“为了对抗实用主义和凡事讲实际的可憎倾向”，我们这里不宜再作多余的解释。如果有人非要问清这些词究竟是什么意思，或许可以用书里那位法玛的话来回答他：“……你不该问的。”当年西班牙诗人加西亚·洛尔迦（Federico

García Lorca）也曾被问及《梦游人谣曲》的开头是什么意思，他答道："就是这个意思。以及其他很多意思。"

○ 名字（Nombres）

关于克罗诺皮奥的名字，有人从前缀"克罗诺（crono-）"认定与时间有关。但科塔萨尔否定了这一点。但如果你相信克罗诺皮奥（Cronopio）的C就是科塔萨尔（Cortázar）的C，也是刘易斯·卡罗尔（Carrol）的C，倒不失为有益的联想。

○ 起源（Orígenes）

1951年的某天晚上，胡里奥·科塔萨尔在巴黎的香榭丽舍剧院听音乐会，突然间头脑中冒出一些名叫克罗诺皮奥的人物，他们"仿佛某种微生物一样在空中飘游，那些绿色的圆球渐渐拥有了人类的特征"。

○ 职业（Profesión）

科塔萨尔曾在联合国教科文组织任译者多年，在《抽象的可能性》，《试图阐明我们自认为生存于其中的稳定生活是多么不可靠，抑或规律也会屈服于特例、偶然或不可能的微型历史，有你好看》等篇中都能找到这一工作经验的折射。在科塔萨尔那里，写作是一种生活方式，这也是为什么他总拒绝成为一名“职业”作家，因为那就等于将生活当作职业。而生活，本该是日复一日的奇迹。

○ **画像（Retrato）**

科塔萨尔一直为他不会作画而感到惋惜。如果他是画家，他相信自己不会成为达利，而是另一种类型的超现实主义画家。他曾说起西班牙画家胡安·米罗的风格很适合为克罗诺皮奥造像：那些漂浮的，潮湿的，圆形的绿色家伙。

○ **革命（Revolución）**

参看“幽默”。克罗诺皮奥喜爱文学的革命胜过革命的文学，或者把二者混同。科塔萨尔曾说文学的任务是“为了提出问题、引起不安、为真实的新的前景敞开智力和感觉”。

○ **摇摆（Swing）**

“我为什么要写这东西？我没有明确的思想，甚至连思想也没有。只有一缕一缕的东西，一些冲动，一块一块的东西，而这一切都想找到一个形式，于是节奏就起了作用。我在节奏中写作，我为节奏写作，我受着节奏的推动而写作，而不是出于所谓的思想，不是出于能够造出散文、文学或别的什么东西的思想。首先，情景是模糊的，但这模糊的情景只是在语言中才能加以明确。我正是从这模糊的阴影中出发的。如果我想表达的（如果那想自我表达的）东西具有足够的力量，那么马上就会出现摇摆。这种有节奏的摇摆把我从表面拉出来，照亮了一切……于是就出现了句子、段落、纸页、章节，以致一本书……这摇摆也是对我工作的唯一补偿，它使我感到我所写的东西就像受到抚摩的猫背，一摸就迸出火光，一摸它就弓身。”[1]

○ 称号（**Títuto**）

自从《克罗诺皮奥与法玛的故事》问世，全世界科塔萨尔的读者就有了一个光荣的称号，他们都以克罗诺皮奥自称，并尊称科塔萨尔为“大克罗诺皮奥”。

---

1 〔阿根廷〕胡里奥·科塔萨尔：《跳房子》，孙家孟译，重庆出版社2008年版，第418—419页；据原文略有调整。

○ 图腾（Tótem）

大克罗诺皮奥曾选择猫做自己的图腾，其他的克罗诺皮奥也一定会同意。此时在你手中，下一秒钟就可能溜走的这一本是猫一样的书，顽皮，灵巧，充满好奇心，有时严肃得有点好笑，还带有一点点神秘……

○ 旅行（Viaje）

据科塔萨尔自述，《克罗诺皮奥》的一部分和全部《指南手册》都写于在意大利生活和旅行期间。诞生在某个饭店或火车站里。或许因为这个原因，他们才比较短小。

参考文献

1. Manuel Durán, "Julio Cortázar y su pequeño mundo de cronopios y de famas" en *Revista Iberoamericana* N.59, ene-jun 1965.
2. Graciela Coulson, "*Instrucciones para matar hormigas en Roma*, o la dinámica de la palabra", *Julio Cortázar.* ed. de Pedro Lastra, Madrid: Taurus, 1981, pp. 280 – 285.
3. Jaime Alazraki, *Hacia Cortázar: aproximaciones a su obra,* Barcelona: Anthropos, 1994.
4. Francesco Varanini, *Viaje literario por América Latina,* Barcelona: El Acantilado, 2000.
5. Saúl Yurkievich, *Julio Cortázar: mundos y modos,* Barcelona: Edhasa, 2004.
6. Julio Cortázar, *Rayuela,* ed. de Andrés Amorós, Madrid: Cátedra, 2008.
7. 〔阿根廷〕胡里奥·科塔萨尔:《科塔萨尔论科塔萨尔》，朱景东译，云南人民出版社 1994 年版。
8. 〔德〕胡戈·弗里德里希:《现代诗歌的结构》，李双志译，译林出版社 2010 年版。

丽贝卡的护身符

Leticia 同学土耳其游归来，送我一样礼物。素白纸包打开，里面一枚小圆瓷片，孔雀蓝中勾勒出一圈白边赫然眼睛形状。“是《百年孤独》里提过的‘邪眼’啊。”

加西亚·马尔克斯的《百年孤独》讲到孤女丽贝卡被送至布恩迪亚家，提及小女孩右手腕上系着件饰物，是一颗食肉动物的犬牙配上铜托，“当作抵御‘邪眼’的护身符”。这里的“邪眼”（mal de ojo）即英文里的 Evil eye，也有译作“恶目”“魔眼”的。据说是一种流传极广的古老信念，相信拥有“邪眼”的生物可以通过目光对他人造成损害，使其衰弱甚至死亡。

当初因为写论文的缘故，对眼睛杀人的问题曾做过一点功课。在西班牙语文学传统中说起“邪眼”，大抵会先想起蛇怪（basilisco）的意象。一千五百年前，塞维利亚的圣伊西多尔在他百科全书式的《词源》中说：“Basilisco的名称来自希腊语，在拉丁语中译为regulus（小国王），因为它是蛇类之王，诸蛇都在它面前望风逃窜，因它能以口中气息施行杀戮；它甚至能够以目光致人死地。”十六世纪的塞巴斯蒂安·德·科瓦路维亚在《卡斯蒂利亚语或西班牙语宝典》里也提到：“Basilisco是一种蛇，普林尼曾在其《博物志》第八卷二十一章提及。它生长于阿非利加荒野……以其目光和呼气施行杀戮。”最有趣味的，一位同时代的西班牙人文主义者拉古纳医生曾将蛇怪目光的效力与阿威罗伊派的爱情病理学联系起来：“蛇怪不仅在咬啮我们的同时将它的毒素输入被咬的肢体，还在凝视我们的时候将毒素如爱情之箭射出，经我们的眼睛直达肺腑。只要我们看它，在视线交错之际它便能把我们慑住。这是最微妙精致的毒素，堪与爱恋中人所啜饮的甜美的毒素相媲美，特别当有人爱上某些不苟言笑、冷若冰霜的女士，仿佛你们向她偷觑一眼便冒犯了她，而她们只需一个眼神就足以夺魄勾魂。”

据此不难理解，为何在文艺复兴时代蛇怪成了诗人偏爱的意象。那正合用来类比心上人莫之能御的魅力：蛇怪以目光杀人，女士以美貌夺命。蛇怪曾在彼特拉克的拉丁文作品中多次出现，《歌集》里用它影射少女劳拉，他永远的灵感源泉：

> 极西有奇兽
> 形貌温且安
> 孰知双睛蕴
> 杀机存其间
> 良言劝观者
> 未可定睛看
> 周身尽无碍
> 其目不可观

西班牙黄金世纪文学里这一神话动物也屡见不鲜。在《堂吉诃德》第一部，贵族青年安布罗西奥曾以蛇怪来指斥美貌高傲的牧羊女玛尔塞拉，恨她害了自己好友的性命。与加尔西拉索·德拉·维加一起引进意大利十一音步诗的胡安·博斯坎，也借之形容心上人的美貌，抱怨她们的“残忍”：

有一怪兽名未彰
诸般邪恶最擅长
若君定睛将它望
厄运难逃一命亡

那年在墨西哥游学，我从图书馆搬来几本古诗集，特别是厚如城砖的《土班雅新乐府》（*Nuevo corpus de la antigua lírica popular hispánica*），从十五至十七世纪的西语民歌中找出不少“眼睛杀人”的例子，下面粗粗译出大意：

我的黑姑娘
双眼不一般
一个时辰杀的人
赛过死神干一年。

□ □ □

女士，

您有一双杀人眼；

官府为什么

不把它们依法严办？

□ □ □

你的那双眼睛

一定有个当市长的父亲，

虽然又抢掠又杀人

却没有人敢质询。

□ □ □

姑娘，把你的眼睛

借我一个晚上；

因为我要用他们

要一个人的命。

你何必惊奇

我向你借这武器：

它们实在是威力无比。

□ □ □

小媳妇，把头低

给那看见你的人留口气。

□ □ □

你有漂亮的眼珠子

你有好看的发辫子

一看见眼珠子和发辫子

爱上你的人就被杀死……

后来博雅的友人H君又给我推荐美国学者琳达·伍德布里奇的《萨杜恩之镰：莎士比亚与魔法观》（*The Scythe of Saturn: Shakespeare and Magical Thinking*），里面有章节专门讨论莎士比亚作品中的"邪眼"，并将其与蛇怪、希罗神话中的美杜莎一起辨析：在"邪眼"信仰中，是由"邪眼"发射的目光波及受害者身上造成死亡；在美杜莎那里，是受害者的目光看到女妖后造成自身的死亡；而在蛇怪传说中，则是蛇怪与受害者的目光交错造成了后者的死亡。据说抵御“邪眼”的有效方式是佩戴眼状物、镜子或其他闪光物体为护身符来反射杀戮的目光。琳达另有精彩的论断：既然“邪眼”往往产生于嫉妒，目光的伤害常伴随假意、夸大的赞扬之词实现，那么爱情诗歌中那些男性声音对女士们高度夸饰的赞辞滔滔，某种程度上正构成对“邪眼”魔力的防护和反击，即将施行杀戮的目光反射，还施于彼身——那不就是神话中英雄战胜女妖美杜莎的策略？

回到《百年孤独》里那件小小的护身符：看来它并没能为丽贝卡抵御全部的厄运，只是不知道这里面有多少阿玛兰妲的目光作祟，多少嫉妒与怨恨在她这位童年伙伴投来的目光中蕴集。然而也可以说护身符的确在某种意义上反射了“邪眼”的伤害，对丽贝卡的记忆再没离开过阿玛兰妲，到暮年甚至变成了无限接近于爱情的恨意：

> 当天亮时心中的寒意将她从孤枕上唤醒，她会想起她；当她用肥皂擦洗自己凋零的乳房和枯萎的腹部，

当她穿上老年人雪白的细棉布裙和胸衣，当她更换手上缠裹赎罪伤痕的黑纱，都会想起她。无论何时，或睡或醒，从最庄重到最卑下的时刻，她都会想起丽贝卡……

“反动的”和“革命的”小说家

在布宜诺斯艾利斯，托雷·尼尔松对我说：“《百年孤独》是部非常优美的小说，但很不幸这是部反动小说。”我问他为什么，他没有详细回答，只是说：“在这样的时刻，特别是在拉丁美洲，我们面临着这么多的问题，所有一切是如此可怖，我觉得就凭写一部优美的小说这一点，就已经是反动的了。”

说到这里，加西亚·马尔克斯问道，你觉得《百年孤独》反动么？

不，巴尔加斯·略萨回答。

在 1967 年那场访谈中，巴尔加斯·略萨问起马尔克斯对文学和政治的关系作何想法，于是引发了上面的对话。随即《百年孤独》的作者把问题抛了回来：《百年孤独》为什么不是反动小说？略萨回答：因为拉丁美洲社会现实和政治现实的基本问题都在书中得到了客观的描写，比如哥伦比亚的暴力和游击队问题，还有马孔多的香蕉种植园。“马孔多之父”立刻追问道：“那么你认为这本书以及我们正在写的所有的书都有助于读者了解拉丁美洲的政治现实和社会现实么？”其实他反问的时候自己心里已经有了答案。多年以后，不情愿地被打上所谓“魔幻现实主义”的标签，加夫列尔·加西亚·马尔克斯或许会回想起在《百年孤独》出版数月后的这场访谈和这个问题。总有人苦苦追问：小说中究竟有几分魔幻，几分现实？但小说家本人一向只承认自己是现实主义作家，并且像对待其他问题一样，从不提供概括或抽象的答案，总是选择讲故事来回答。

《百年孤独》的作者曾这样概括自己的小说：讲的是一个家族用了一百年的时间想方设法避免生出一个长猪尾巴的孩子，但最后还是生了。他一度以为这是最不可能与现实雷同的细节，然而就在小说出版后，世界各地的读者纷纷来信表示他们有相似的经历。小说家故乡巴兰基亚的一位男子坦承自己长了条从未示人的猪尾巴，但当他读到小说后终于释然，“原来这是很自然的现象”。还有朋友为马尔克斯寄来韩国的剪报，照片上一个首尔女孩赫然也长了猪尾巴。只不过与我在写小说时想的不同，马尔克斯说道，成功切除尾巴后她活了下来。

超乎小说家意料之外的故事仍在发生。1991 年 2 月，小说家的哥伦比亚同胞、在纽约行医的文森特·特蕾萨医生接到陌生人的电话，对方自称俄亥俄州克利夫兰凯斯西储大学神经病理学所主任皮耶路易吉·甘贝蒂博士，他和他的科研团队正在对失眠症展开研究，目前他们掌握的案例包括五个家庭，其家庭成员全部患有该疾病，白天黑夜都不睡觉，一切安眠或镇静药物都不起作用。目前认定与基因有关，而有据可查的病史最早可追溯到 1700 年。他们在搜集相关文献时发现了加西亚·马尔克斯的小说《百年孤独》，对其中失眠症的记载十分感兴趣，几经辗转，先联系到出版社又从英译者拉巴萨教授那里得到特蕾萨医生的通讯方式，希望获得马尔克斯先生的帮助，并已组成科研团队随时准备出发赴马孔多镇考察布恩迪亚家后裔的基因特质。特蕾萨医生无法拒绝同行的请求，只得拨通国际长途，原原本本地向自己的小说家朋友转达。马尔克斯是这样回答的："好吧，文森特，请告诉皮耶路易吉博士不必费事去马孔多了，因为那种病根本不存在，是我编出来的。而且失眠症应该是没法治好的，不过在我的小说里病人们都痊愈了，因为我有责任把他们治好免得传染到我的读者。哦，你顺便告诉皮耶路易吉博士，我的确认识一个失眠症患者。那是在 1981 年，我去法国戛纳当电影节评委，我的经纪人卡门给我找了间公寓，打扫公寓的姑娘告诉我她们一家都有失眠症，二十四小时不睡觉也不累，也不觉得有睡觉的必要。"

另一个小说家从未和盘托出的故事发生在 1928 年，马尔克斯自称出生在那一年，虽然根据研究者的考证 1927 年才是他真实的问世时间，并认定作家如此"自我创作"源于他对那一特殊年份的深刻印象。巴尔加斯 · 略萨在访谈中提到的香蕉种植园在小说里和现实中一样，为当地带来了冒险者，跨国垄断公司，畸形的繁荣以及暴力与死亡。香蕉工人罢工以军警开枪屠杀告终，传记作家把发生于1928年12月6日的这一惨案称为“对加西亚·马尔克斯的人生与作品影响最大的一桩历史罪孽”。在小说中大屠杀的幸存者何塞·阿尔卡蒂奥第二天醒来时发现自己置身于长得望不见头的火车上，车厢货架上都整整齐齐地摞着男女老少的尸体，好像一串串变质的香蕉准备扔进大海。当他死里逃生回到家中，才发现人们仿佛在一夜之间都被洗脑：没有罢工，没有开枪，没有死人，马孔多什么都没发生。他从此庇身于吉普赛智者的斗室，一心钻研梅尔基亚德斯留下的羊皮卷，并将破译的使命和大屠杀的真相托付给第六代布恩迪亚，日后的猪尾巴婴儿之父，奥雷里亚诺·巴比伦。在他一头扑在羊皮卷上猝死之前留下最后遗言：“你要永远记住那是三千多人，都被扔进了海里。”实际上大屠杀具体的死难数字一直众说纷纭，当时的首都和地方报纸，工运领袖，美使馆领事各有各的统计，从官方版本宣称的9人到群众记忆中的数千人相差悬殊。加西亚·马尔克斯自己查到的卷宗是7人，而“7个人是装不满火车的，于是我在小说中讲大屠杀死了3000人。这是虚构。”然而这一虚构可能比我们想象的更接近现实：在12月6日凌晨的火车站大屠杀后，卡洛斯·科尔特斯·巴尔加斯将军的士兵在各地进行的逮捕和枪杀行动持续了3个月。小说在数章前就已埋下伏笔："这列无辜的黄色列车注定要为马孔多带来无数疑窦与明证，无数甜蜜与不幸，无数变化、灾难与怀念"。两百节车厢的火车满载尸体驶向大海，这一令无数读者难以忘怀的形象构成对官方正史的挑衅和颠覆，百年孤独的历史终将在不肯遗忘者手中破解。英国学者杰拉德·马丁说得好，这部小说讲的不是历史和神话，而是历史的神话及其祛魅。

当阿根廷评论家托雷·尼尔松称《百年孤独》为"反动"小说，他或许是在责怪小说家没能直接地反映和抨击拉丁美洲"可怖的"现实。这背后的逻辑大抵是某种未免偏狭的现实观。当马尔克斯宣告："现实是最伟大的小说家，我们所要做的只是模仿和追随"，我们也只能相信一半。因为上面的故事似乎在向我们暗示，现实有时候也模仿小说。当略萨为《百年孤独》辩护，认为小说"客观"描写了拉丁美洲的现实，他为了说明同时提到了科塔萨尔：

“不像别的书里（比如科塔萨尔的作品）只进行间接的或隐喻的描写”。如此看来，似乎早四年出版的《跳房子》更有理由被尼尔松这样的评论家定为“反动”小说。无怪乎科塔萨尔会发出不无戏谑的感慨：“现实，多少罪恶借汝之名以行！”《跳房子》的作者曾旗帜鲜明地站在拉丁美洲解放运动一边，也曾亲历声援社会主义的古巴和尼加拉瓜的桑地诺解放战线，而他的一些革命战友却时常疑惑，像《跳房子》这样实验色彩浓烈的先锋小说在革命事业中能派什么用场。于是科塔萨尔在那篇名为《革命中的文学与文学中的革命》的文章中回答，真正的革命小说（novela revolucionaria）不仅仅是那些有革命“内容”的小说，更是那些要“革小说的命”（revolucionar la novela）的小说。在语言中闹革命的小说或许暂时看起来不如传统的现实主义小说贴近现实，恰恰是因为这些小说将要展现未来更丰富更具革命性的现实。

“对作家不应该要求他在作品里成为一个政治活动家，正如不能要求鞋匠做的鞋具有政治内容。”马尔克斯不止一次一本正经地宣称：“我认为作家的主要政治责任是把作品写好。”这位诺贝尔奖得主的政治立场不是什么秘密，作为菲德尔·卡斯特罗多年的老友，他曾说他相信全世界早晚会实现社会主义，并希望这一天早日到来。不过他同时确信，“糟糕的文学是延迟这一天早日到来的阻碍之一。”按照马尔克斯的标准，革命小说必须是好小说。按照科塔萨尔的定义，好小说必然是革命小说。就像《百年孤独》著名的开篇句，她展现了已经发生、正在发生、必将发生以及犹未确定的复数现实，或许可称之为革命性的现实。作家的政治责任也好，文学的终极使命也罢，加西亚·马尔克斯总说自己写作只是为了让朋友们更爱他。在八十岁那年的一次演讲中，他又有了个简明而优美的说法。面对一位国王、六位总统和数千听众，小说家加西亚·马尔克斯的神情里有小动物般的狡黠和小孩子般的骄傲：“我要做的不过是每天早早起来，面对白纸或电脑空白的屏幕想办法把它填满，讲一个从未有人讲过的故事，让一位尚未存在的读者感到幸福。”

《孤独》的“秘密”

那是 1967 年。一位哥伦比亚作家完成了酝酿多年的小说，苦苦维持家用的妻子也松了口气。原本他计划半年完成，结果每天八小时写作，一写就是一年半。只是在准备给出版社寄稿件的时候，两人发现已经付不起邮资。他们当掉家中所剩最值钱的电器——榨果汁机，终于把手稿寄了出去。阿根廷的南美出版社于当年出版，到 1987 年仅二十年的时间已在全球以三十六种语言发行，售出三千万册（数量庞大的盗版自然未计在内）。

这便是加西亚·马尔克斯和他的《百年孤独》。通常情形下励志故事讲到这里就该揭示这巨大成功的“秘密”，可惜我虽然忝为中文版的译者，也无法提供一个令人满意的答案，因为连作者本尊也承认，他自己也搞不懂为什么这样一本书会“像地铁站口的热狗一样畅销”。

有位作家朋友告诉我《百年孤独》是他看过的最好的小说，当我好奇地问他好在哪里，他沉吟片刻给出了一个颇堪玩味的回答：“信息量极大”。倒让我想起鲁迅先生评《红楼梦》：“经学家看见《易》，道学家看见淫，才子看见缠绵，革命家看见排满，流言家看见宫闱秘事……”我们可以很方便地把这个模式套用过来：一部《百年孤独》，作家们读出了全新的小说理念和手法——君不见莫言、余华、苏童、贾平凹、陈忠实等几乎一代中国作家都在不同程度上受到这位魔幻现实主义大家的影响（以及“影响的焦虑”），甚至文坛曾一度盛行所谓的“百年孤独体”；学者们兴奋地阐发小说中的微言大义，读出了整个人类文明的兴衰演义，马孔多版本的警世恒言——君不见从圣经创世纪般的开辟鸿蒙，世外桃源式的乌托邦，到现代工业文明的“侵入”，由之而来的冲撞、变迁、衰落，以至最终启示录般的毁灭殆尽；索隐考据爱好者们读出了数百年哥伦比亚史，一部拉丁美洲史——君不见主人公奥雷里亚诺上校某种程度上正是从玻利瓦尔到切格瓦拉等一系列“解放者”、革命者的化身缩影；文学爱好者们读出了其中奇妙的互文之网，君不见贯穿全书的老吉普赛人梅尔基亚德斯的羊皮卷隐隐在向《堂吉诃德》致敬，同为“文学爆炸”代表的墨西哥作家卡洛斯·富恩特斯，阿根廷作家胡里奥·科塔萨尔、古巴作家阿列霍·卡彭铁尔笔下的人物也在加西亚·马尔克斯的书中一一现身，俨然与真实历史人物等同。《百年孤独》可以是一部魔幻小说，一部历史小说，言情小说，寓言小说，幽默小说……甚至还有慧心人把它看成一部《孤独百科全书》，或《抵抗孤独方法大全》。它是一本书，也同时是许多本书。读者尽可以各取所需，各展所长，从自己喜爱或擅长的角度解读、剖析，却都无法穷尽。据说这正是经典作品之为经典的标志之一。

每位读者都有自己的阅读理由和不可替代的阅读经验，每一时每一地的读者所有的理由和经验合在一起，成就了《百年孤独》的神话。这么说似乎有些厚此薄彼，因为话说回来，全世界的喧嚣热闹也比不上书房的一灯如豆。自从1982年戴上诺贝尔文学奖的桂冠，加西亚·马尔克斯经历了无数鲜花着锦、烈火烹油的辉煌岁月，或许他偶尔也会怅然怀念当年在墨西哥城斗室中负债累累仍孜孜写作的日子？写作也罢，阅读也好，正如《西方正典》的作者哈罗德·布鲁姆所说，终究是“与自己的孤独相处的艺术”。

卡洛斯·富恩特斯之死

2009年的某个夏日，我还在西班牙，随手打开电视，是作家弗朗西斯科·阿亚拉的访谈。换了个频道，还是。出门买份报纸，原来103岁高龄的老作家刚刚去世，评论界一片唏嘘：最后一位“二七年一代”也已离开。至此，以加西亚·洛尔迦、阿尔贝蒂、阿莱克桑德雷为代表的“二七年一代”，西班牙二十世纪文学的辉煌之光，全数离世。让人感觉仿佛《魔戒》里数代持戒者终于先后离开中土世界，带着各自的伤痕与荣光，前往精灵仙境。想起这些都因为富恩特斯之死——请原谅这似乎有些粗鄙的题目，原谅这笨拙的方式向他的名作《阿尔特米奥·克鲁斯之死》致敬。

前几天网上再度谣传加西亚·马尔克斯的死讯，随后又是辟谣，我还在心中暗笑，可能作家本人都已习惯这种“事先张扬的死亡”游戏。但却没想到真实的死亡旋即到来，不是马孔多之父，而是他的莫逆之交，墨西哥作家卡洛斯·富恩特斯。这可能是西语世界近年来最意味深长的文化事件。西班牙《世界报》网站的纪念专辑里有一条引人注目的标题“Muere sin el Nobel”（可直译为：“无诺奖而死”），点开文章一看，原来后面还有个修饰语“tan merecido”（如此配得）。一位完全配得诺贝尔文学奖的作家未得奖而身先死，这样的题目虽嫌直白，但确实抒发了读者的惋惜之情，虽然富恩特斯早在1987年就已荣获西语世界的最高文学奖项塞万提斯奖，与博尔赫斯、鲁尔福、科塔萨尔一样，他的文学成就和经典地位已无需任何更多的奖项来肯定。

卡洛斯·富恩特斯与哥伦比亚的加西亚·马尔克斯，阿根廷的胡里奥·科塔萨尔，秘鲁的巴尔加斯·略萨并称拉美“文学爆炸”四大天王，与小说家胡安·鲁尔福、诗人奥克塔维奥·帕斯一起被誉为墨西哥二十世纪文学的三巨头。如今，“爆炸”已成往事，巨人身影渐远。西班牙皇家学院院长何塞·曼努埃尔·布雷瓜在感言中说，富恩特斯之死意味着世界“失去了一位无可替代的人物”，巨人一一远去，而遥望地平线，尚未出现可取而代之的后继者。富恩特斯自己大约不会同意这样的判断，他早在六年前的访谈里就一再强调，拉丁美洲已经出现了许多优秀的写作者，水准并不比“文学爆炸”诸位代表人物逊色。作为亲历者他眼中的拉美“文学爆炸”，不仅仅凭《百年孤独》《跳房子》或《绿房子》造就了加西亚·马尔克斯、科塔萨尔等人的世界性声誉，还将全球读者的眼光引向他们的先行者：鲁尔福，古巴的卡彭铁尔，危地马拉的阿斯图里亚斯……而更长远的影响还在于激励“爆炸”后的新生代发出自己的声音并让世界凝神聆听。墨西哥作家豪尔赫·博尔皮把富恩特斯称作“我们的维吉尔”，是这位伟大的引路人吸引包括他自己在内的许多拉美作家走上文学之路。哥伦比亚如今当红的作家胡安·加夫列尔·巴斯克斯认定，不止一代作家从富恩特斯那里学到了何为拉丁美洲文学。巴斯克斯自承受到富恩特斯影响开始阅读塞万提斯，布洛赫和穆齐尔，也是从富恩特斯那里明白，拉丁美洲文学正是固守一隅的地区文学之反面，一个拉丁美洲小说家应该向世界敞开，接受一切影响，尝试一切题材。

在追缅富恩特斯这样一位几乎全部作品都以墨西哥为题材的作家时，许多人却都饶有意味地使用了“universal（世界性）”一词来为他盖棺论定，其中就包括与他相识五十年的巴尔加斯·略萨。这自然与他的生平背景相关。据说他的祖先来自德国和加纳利群岛，当年因参与社会党活动在俾斯麦统治时期被迫流亡，来到墨西哥的维拉克鲁斯种植咖啡。父亲是外交家，先后任职于智利的圣地亚哥，巴西的里约热内卢，阿根廷的布宜诺斯艾利斯，乌拉圭的蒙得维的亚，厄瓜多尔的基多，以及华盛顿和罗马，故而富恩特斯的童年和少年时代是在美洲大陆的各首都之间度过。后来又在墨西哥城和日内瓦求学，接受美洲当时最好的教育。世界主义者类型的拉丁美洲小说家正是富恩特斯在许多读者心中的形象，就像多年以前《我们的作家》一书作者路易斯·哈斯所说：“如果说有那么一个人在经历、气质和教养方面具备理想的条件，足以担当起这样一个角色的话，这个人就是卡洛斯·富恩特斯。”大洋两岸旅居的经历使他在拥有开阔的文化视野之外，还形成了对母语西班牙语和祖国墨西哥独特的敏感和自我意识。尽管自幼接受英语教育，英文说得和母语一样流利，但富恩特斯却在布朗大学的一次讲座中声称，“只有用西班牙语骂我，我才会真正在意”。这玩笑中流露出的认同意识恐怕只有在墨西哥乃至整个拉丁美洲永恒的自我身份情结的语境中才能真正得到理解。

概括富恩特斯的写作是困难的，太容易落入简化的危险。当年科塔萨尔就注意到，同一位作家竟能写出《阿尔特米奥·克鲁斯之死》与《奥拉》这样两部截然不同却又都极其精彩的小说。不过作家自己倒是给出过读解的线索，富恩特斯版本的人间喜剧，他的全部小说都可以看作围绕时间的主题盘桓：“我们如何创造时间，时间如何创作我们”。他的处女作，短篇小说集名为《戴面具的日子》（1954），其实暗含前哥伦布文明的出典。原来阿兹特克太阳历的365天中，每月20天，一年18个月，再补上的5天就是“戴面具的日子”，被阿兹特克称为“凶日”（nemonteml）。而二十多年后的小说《换皮》（1967）从题目上也与时间流逝有关，暗指阿兹特克文明中的春天之神，无皮之神Xipe身披人皮起舞，象征春回大地，披上新装，季节更替，岁月轮回。《奥拉》据说灵感源自沟口健二的电影《雨月物语》及其原型中国明代传奇《爱卿传》，讲述的依然是时间与爱欲的纠结互动。

哥伦比亚的诺贝尔奖得主曾经以一贯的戏谑称富恩特斯为“最后一位相信所有的作家组成一个幸福大家庭的人”，实际上玻利瓦尔式的大美洲梦对那一代作家的吸引力仍是无可抵御，加西亚·马尔克斯自己也未能做到不受感染：“我们大家都在写同一本拉丁美洲小说：我写哥伦比亚的一章，富恩特斯写墨西哥的一章，胡里奥·科塔萨尔写阿根廷的一章，何塞·多诺索写智利的一章，阿莱霍·卡彭铁尔写古巴的一章……”或许在这个意义上格外令人感喟，卡洛斯·富恩特斯之死意味着一个时代的背影远去。

两年前（2010 年）在马德里的美洲之家纪念科塔萨尔的活动上，我第一次见到富恩特斯。年过八旬的作家一头银发，精神矍铄。他说起那一年在报上看到科塔萨尔去世的消息便打长途电话给马尔克斯，后者听罢沉默了片刻，然后这位曾多年从事报业的作家如此回答：“卡洛斯，不能报纸上说什么你就信什么。”于是卡洛斯·富恩特斯说，因为不能相信报纸，所以科塔萨尔没有死，一直和我们在一起。我再一次抄下这句话，因为对5月15日以后富恩特斯的读者也同样适用。从此我们要做的不过是如巴罗克诗人克维多所说：用双眼去倾听他。

为了告别的聚会

离圣诞不远，他们聚在巴塞罗那一家名叫“La Font dels Ocellets（小鸟之泉）”的餐厅吃饭。照这里的规矩，客人得自己把要点的菜用铅笔写在小纸条上。而这桌客人聊得太投入，根本忘了点菜这回事。大厨等得不耐烦，于是老板过来，先把满桌客人挨个打量一番，以目光的威压让他们沉默下来，然后用典型“加泰罗尼亚式的幽默”冷冷问了句：“诸位里有会写字的么？”几位客人面面相觑，一时竟没人搭茬。顺便交待一下，在座的有：哥伦比亚的加西亚·马尔克斯，秘鲁的巴尔加斯·略萨，墨西哥的卡洛斯·富恩特斯，阿根廷的胡里奥·科塔萨尔，古巴的卡洛斯·弗朗基和智利的何塞·多诺索……也就是说，文学史传说中拉美“文学爆炸”四大天王尽数在场，其中包括两位日后的诺贝尔文学奖得主。这简直就是在问十二黄金圣斗士有没有听说过小宇宙。但看来会不会写字真的是个严肃的问题——作家们没有一个出声。一阵尴尬的沉默。幸亏马尔克斯夫人梅赛德斯挺身而出：“我，我会。”

那应该是 1971 年。根据多诺索夫人的回忆，那一年他们在巴尔加斯·略萨家里度过平安夜：“当然谈到了文学。科塔萨尔、马里奥和贝贝几乎无法避免谈论文学。加博尽量做出无所谓的样子，但是办不到。”（马里奥是巴尔加斯·略萨的名字，贝贝和加博分别是多诺索和马尔克斯的昵称）。夜深的时候，科塔萨尔和巴尔加斯·略萨趁孩子们睡觉了，偷偷找出加西亚·马尔克斯两个儿子的遥控汽车展开了激烈的比赛。

以上场景在我这样的读者眼中，无异于一幅奥林匹斯诸神居家行乐图。其中特别吸引我的，是拉美那一代作家群体间的手足情谊。他们以“表兄弟”（primo）相称，他们的下一代也是如此，无怪乎有人将那群孩子戏称为“迷你文学爆炸（miniboom）”。在加西亚·马尔克斯家里的某次下午茶,除了主人的两个儿子,还有两个姓巴尔加斯·略萨的男孩，一个姓多诺索的女孩，一个姓蒙特罗索的女孩一起吃冰淇淋。东道主的长子贡萨罗是其中最大的，他说：我们都来了，就差塞西莉亚了。他说的当然是塞西莉亚·富恩特斯。只是这种大家庭似的其乐融融，彼此间“真正的友谊，深切的爱，了解和敬佩”没能长久。某位意大利评论家说在他的国家，“一个像巴尔加斯·略萨这样的作家，写一本关于另一个像加西亚·马尔克斯这样的作家的书，是不可能的。而在同一个聚会上，一个作家不往另一个作家的咖啡里投毒也是不可能的……”这话自然不无戏谑，但也道出其中令人惊异的现象——夸张一点说，这就好像塞万提斯以莎士比亚为题写博士论文。巴尔加斯·略萨夫人对多诺索夫人说：“他在他身上花了两年的时间”，指的是略萨那部大作《加西亚·马尔克斯：弑神者的故事》，至今仍是研究《百年孤独》的必备书目。惺惺相惜的故事难免过于理想化的渲染，但当年有些场景确实令人感怀不已。在略萨家的圣诞夜，“我们吃晚餐，跳舞，真诚亲切地拥抱，真心实意地许诺，要成为永远的朋友，男人们也真诚地互相预祝文学上取得巨大成就”。

风流云散，盛事难再。好多个圣诞节过去，文学上的“巨大成就”不断成真，然而何塞·多诺索在名为《十年之后》的纪念文章里感伤地说，很多人都变了，“有些人变得多些，有些人变得少些，”也有人背上了名声的十字架。向左转，向右转，加西亚·马尔克斯、科塔萨尔继续向“左”，巴尔加斯·略萨向“右”。昔日密友分道扬镳，甚至为国事及情事大打出手。这背后固然有对古巴卡斯特罗政府的看法分歧，也不乏政治以外的原因。据多诺索的反思，每个国家内部存在各式各样的文学行会，但一旦走出国界，嫉妒心就会减弱，而拉美“文学爆炸”作家都有主动或被动流亡国外的经历，独特的时代环境促成了作家间的遇合与情谊。一旦世事变幻，也就各自上路，至于往日的美好，有人怀旧伤怀，有人偶尔有节制地提及。又是许多个圣诞节过去，科塔萨尔、多诺索、富恩特斯先后作古，而加西亚·马尔克斯据传患上失忆症，或已达至他笔下吉普赛智者的境界——不知巴塞罗那的岁月可曾入梦？当年的“超级明星马里奥”巴尔加斯·略萨依然活跃——不知《天堂在另一个街角》的作者可还记得与加博一家“相隔一个街角”比邻而居的日子？

玻利瓦尔广场，下午两点钟

| 1 |

下午两点钟。卡塔赫纳的玻利瓦尔广场。我还不知道远在墨西哥城发生了什么，只顾坐在广场的长椅上发呆。六十多年前一个学法律的大学生来到这个城市的第一天，因为没钱住旅馆就在这里的长椅上过夜，结果半夜被警察抓了起来。据说因为看起来太潦倒瘦弱的缘故，警察先领他去吃了点东西才把他关进牢房。这个大学生名叫加夫列尔·加西亚·马尔克斯。

| 2 |

下午两点钟。我坐在玻利瓦尔广场的长椅上发呆，躲避加勒比阳光的热情。原来他就是在这样的阳光里长大，怪不得第一次到首都的夜里，他大叫着跑出卧室，说有人恶作剧在他被子里淋水了。人家告诉他不是，波哥大就是这样。不知道这传说有几分真实，根据我初到波哥大的经验，似乎没这么夸张，或许是季节不同。然而日后的魔幻现实主义祭司加西亚·马尔克斯说，世上不存在纯粹的虚构，任何虚构总是基于某种真实的经验。他与这城市的格格不入是真实的。一个敏感困顿，来自沿海小镇的外省青年，来到安第斯山区阴雨绵绵的首都，觉得自己成了被高傲的“CACHACO”（波哥大人）嘲弄和漠视的对象，一到周末总相信自己是全城唯一因为没钱而没处可去的人。《番石榴飘香》的作者门多萨是加西亚·马尔克斯的好友，1982 年曾陪他去斯德哥尔摩领奖，但多年以后记忆最清晰的片段却还是当年在波哥大酒吧里的初见。那家伙穿得好像只鹦鹉，不经邀请就凑到桌边来，不付账就离开，中间还不忘占女招待的便宜，冒出一句“今晚？”，换得一个火辣的白眼。

那家伙谁啊？门多萨忍不住问同桌的朋友。

——受虐狂（masoquista）。

——共产党（comunista）？

——受虐狂。

——什么意思？

——就是越受罪越高兴的人。

——我看他挺开心的。

——是个典型的受虐狂。今天到学校说他得了梅毒，明天说他得了肺结核。整天醉醺醺，从来不去考试，晚上睡在妓院里。可惜了。他在报纸上发过小说，有点才气。不过现在彻底没救了。

多年以后，不，用不了那么久，他很快和那个“没救了”的家伙成了朋友，门多萨就明白，那家伙的荒唐和挑衅似的张致，不过是为了掩饰里面的羞怯，以及因自己的羞怯而生的愤怒。

| 3 |

下午两点钟。我坐在玻利瓦尔广场的长椅上发呆，卖

水的人又一次推着小车走过："Agua（水），agua……"我还在犹豫要不要去2007年国际西班牙语大会的会场看看。那一年面对为他祝寿的一位国王，六位总统，上千观众，加西亚·马尔克斯又回忆起当年写作《百年孤独》的日子。他说到去邮局给出版社寄手稿的时候发现，家里所剩的全部资产都不够邮资，便只寄出了一半手稿。结果南美出版社的波鲁阿很快回复并预支了部分稿费，强烈要求把未寄的手稿赶紧寄去。原来马尔克斯夫妇忐忑慌乱间弄错了，上次寄出的是小说下半部。讲到这里八十岁的小说家忍不住露出顽皮的坏笑，而全场观众也笑着报以热烈的掌声，而台上坐在一旁的马尔克斯夫人梅赛德斯笑着摇摇头表示无奈。在快结束的时候加西亚·马尔克斯说："我要做的不过是每天早早起来，面对白纸或电脑空白的屏幕想办法把它填满，讲一个从未有人讲过的故事，让一位尚未存在的读者感到幸福。"这里其实还落了修饰语，他特意说"用两根指头"，因为无论用打字机还是后来用电脑，他只会用两根手指打字。在此前的访谈里他也特意供认过这一细节，而且还不忘拉上老友墨西哥作家卡洛斯·富恩特斯陪绑："但富恩特斯只会用一根手指头打字！……尽管他抽烟的时候手指动作优雅得好像钢琴家。”

| 4 |

下午两点钟。我坐在玻利瓦尔广场的长椅上发呆，感觉周围的一切并非真实。树荫掩映中的“解放者”塑像，向我展示和路雪商标牌兜售冰激凌的老奶奶，还有雪白头发游客模样的老爷爷正品尝刚买的鸡肉盒饭。向前不到两百米就是海滩，从这里隐隐可见当年防御海盗的城墙。沿着海边城墙一直走下去，就是我昨天瞻礼过的地方，加西亚·马尔克斯的家。当时为了确认还向路人打听：这就是加西亚·马尔克斯的家吧？结果那个小伙子斩钉截铁地回答：NO！不由分说，掉头就走。惊诧之余觉得蹊跷，因为正常的回答应该是不知道，或者不是这里，是在…… 后来还是隔壁酒吧的女士向我证实，就是这座橙红色的房子。想来那个年轻人大概是出于对我这样无聊粉丝的鄙视和愤怒：加博就是因为不堪你们这些人的骚扰才一直不回国的吧！我带着几分歉疚，还是围着宅院走了走。果然像传记里提到的，街角一旁就是圣克拉拉修道院，《爱情及其他魔鬼》的发生地，如今已变成卡塔赫纳最著名的豪华酒店。《百年孤独》之后的名声“毁了他的生活”，但偶尔也会带来惊喜与奇遇。据说加博当初想在父母生活的城市买座房子，朋友替他物色了这一家，房主是位盲人。看房前朋友跟作家千叮咛万嘱咐，一定不要透露自己的身份。没想到他刚说了句您好，那位盲人房主就说：您是加西亚·马尔克斯！之后的事情更出乎大家的意料，房主不仅没有借机涨价，反而主动打了个折扣，表示很高兴房子有了个好归宿。后来有人向加西亚·马尔克斯求证这一轶事的真实性，小说家笑了起来：这是个好故事，所以必须是真的。

| 5 |

下午两点钟。那时候我还不知道，远在墨西哥城，87岁的老人已经摆脱了病痛的烦扰，卸下声名之累，回到了他的马孔多，就像那个第一次去马戏团看冰块的孩子。我们知道，整本《百年孤独》就是缘起于这样一幅图像，一位老人领着一个小孩子去见识冰块。1937年3月4日，带他去看冰块的外祖父马尔克斯上校去世，小说家加西亚·马尔克斯宣称，从那以后自己的生活中再没有发生过任何值得一提的事。如今祖孙重聚，老上校会不会要求自己心爱的外孙像当年从电影院归来时一样，一一讲述这七十多年的日子，不许漏过每一个细节。而我们的作家一定像当年一样出色地完成作业，就像他自传的题目：VIVIR PARA CONTARLA（活着为了讲述）。因为他说过，生活不是我们活过的日子，而是我们记住的日子，被讲述的日子。

（**附**：据墨西哥媒体报道，哥伦比亚作家加夫列尔·加西亚·马尔克斯 2014 年 4 月 17 日下午两点钟在墨城圣安赫尔区的家中去世。）

王的葬礼

| 1 |

——糟糕，加博死了！

1982 年的墨西哥城，哥伦比亚画家亚历杭德罗 · 奥夫雷贡这一天去朋友加博家。因为后者家里有一幅他的作品，前些天被他酒醉时开枪打穿了几个洞，这一次他带了画具上门去修复。刚到门口，奥夫雷贡一眼看见屋前屋后全是花环，不禁喊出了本文开篇那一句话。

加博当然没有死，他的朋友加博——朋友们都这样称呼加西亚·马尔克斯——得了当年的诺贝尔文学奖，花环都是各界送来的贺礼。

那一年的冬天，在斯德哥尔摩，面对满堂宾客黑白分明的燕尾服，加西亚·马尔克斯身边的朋友门多萨听见这位新科诺贝尔得主小声嘀咕了一句：

——这简直就像出席自己的葬礼！

| 2 |

2014 年的巴兰基亚，这座哥伦比亚的沿海城市离加西亚·马尔克斯的故乡，马孔多的原型阿拉卡塔卡只有两三小时的车程。从机场到城区的路上，突然看见马路上空飘扬的横幅：欢迎来到孤独之城！着实吃了一惊。后来才知道原来这一片城镇的名字就叫作“Soledad（孤独）”。在车上诗人米盖尔告诉我，说他刚写了篇专栏，题目就叫作《我没有和加博的合影》，因为加西亚·马尔克斯死后，各种媒体及社交网络上人人都在大晒与诺贝尔得主不同时期的合影。米盖尔说他见过加西亚·马尔克斯两次，可惜都没有留下影像见证，所以决定DIY一张，正考虑将自己PS进斯德哥尔摩的荣耀前夜，还是和加博一起齐唱加勒比民歌的场景。在专栏里他还提到当年加博被巴尔加斯·略萨拳击后的著名照片，我告诉他在西文里称作“紫眼睛”（ojo morado）的情形中文叫作“乌眼青”，他说也叫“哥伦布眼”（ojo colombino）。米盖尔对着那张照片说道：加博，别紧张，死亡就像来自朋友的一拳。我们被打成“哥伦布眼”，但慢慢会好起来。笑笑吧。

晚近的新闻热点是讨论猜测加西亚·马尔克斯骨灰最终葬于何处。是他生活了四五十年的墨西哥城？还是他的出生地马孔多-阿拉卡塔卡？或是分葬两地？两国政府都在争取，而家人尚未决定。在巴兰基亚那天晚上，我听作家的妹妹阿依达·加西亚·马尔克斯说，这事由作家的遗孀梅塞德斯做主。再翻开《百年孤独》中的一页，上面赫然写着：

> “我们还没有死人，”他说，“只要没有死人埋在地下，你就不属于这个地方。”
>
> 乌尔苏拉反驳了他，温和而坚定：“如果非要我死了才能留下，那我就去死。”

| 3 |

出发去马孔多的清晨，我们在加西亚·马尔克斯当年常常光顾的咖啡馆吃早饭。我啃着加勒比式的鸡蛋饼——“这也是加博爱吃的”，喝着味道略嫌稀薄的咖啡——“就像加西亚·马尔克斯的诗”。“呵呵，这可不是我说的，”我的哥伦比亚朋友补充道，“是帕斯说的，掺水的诗。”他指的当然是另一位诺贝尔奖得主，墨西哥诗人帕斯。

我们知道加西亚·马尔克斯一直是诗歌爱好者，特别是西班牙黄金世纪的诗歌。据哥伦比亚作家博尔达·科沃回忆，有一次加博曾经兴致勃勃地考验他，背上几行诗就让他说出作者。

——“这是洛佩·德维加。”

——“这是克维多……这是加尔西拉索。”（忽然间加博故意插进一首自己早年的诗作。）

——“这个……这个是一个叫作加西亚·马尔克斯的二流诗人。”

然后两人一起大笑。

最后《百年孤独》的作者有些不服气地说："对了，我刚写了一部三百页的长诗。名字叫作《族长的秋天》……"

多年以后他还告诉友人，在洛杉矶的医院做全身扫描的三个小时里，他实在闲得无聊，便在脑子里把黄金世纪的诗歌过了一遍。那显然还是在失忆症的阴影尚未降临的日子里。有时候觉得难以想象，或者不忍想象，失去记忆对加西亚·马尔克斯这样的作家意味着什么。相对于肉体的死亡，他似乎更惧怕遗忘，这是另一种形式的死亡。他曾经不止一次对最亲密的友人提到失忆的话题。2002 年出版回忆录第一卷，他半开玩笑似的跟家人说，失忆好像有家族遗传，所以自己要赶在忘光之前把后几卷写出来。2007 年 3 月加西亚·马尔克斯回到卡塔赫纳，另一座对他意义重大的城市，半个多世纪前他在这里最终放弃了大学法律专业，也是在这里完成了《枯枝败叶》的初稿……这一回这个城市要庆祝他的八十岁生日以及《百年孤独》的四十岁生日。那一天当他的讲演结束，西班牙国王夫妇，哥伦比亚总统和四位前总统，一位美国前总统（比尔·克林顿），西班牙皇家学院院长以及全场观众同时起立，掌声经久不息。众多躬逢其盛的参与者在回忆中遥想当年仍然激动不已。但未必有人会想到，就在盛典前夜，在《百年孤独》中发明失眠（忆）症的小说家对朋友说：我真害怕有一天像我妈妈一样失去记忆。当年的见证者这样描述那时的情景：

说罢，他的眼神投向窗外城市的星空，正是在这城市里他学会如何漫游于文学世界，飞翔在“连飞得最高的记忆之鸟都无法企及的高邈空间”。

| 4 |

在麦德林有记者问我，第一次踏上哥伦比亚的土地就赶上“最伟大的哥伦比亚人”去世，对此作何感想。于是我请他一起重温了《百年孤独》中的相关情节：

第二天早上乌尔苏拉给他送饭的时候，看见一个男人从长廊走近。他个子矮小敦实，身穿黑呢大衣，一顶同样漆黑的巨大帽子直压至忧郁的眼际。“上帝啊，”乌尔苏拉想，“简直就是梅尔基亚德斯。”那是卡塔乌雷，比西塔西翁的兄弟，当年为了逃避失眠症而出走，一去再没有消息。当比西塔西翁问他为什么回来，他用他们庄重的语言答道：

“我来是为了王的葬礼。”

于是他们走进何塞·阿尔卡蒂奥·布恩迪亚的房间，用尽全身力气摇晃他，冲他耳边叫喊，又把一面镜子放在他的鼻孔前，但都无法将他唤醒。不多时，木匠开始为他量身打造棺材，他们透过窗户看见无数小黄花如细雨缤纷飘落。花雨在镇上落了一整夜，这静寂的风暴覆盖了房顶，堵住了屋门，令露宿的动物窒息而死。如此多的花朵自天而降，天亮时大街小巷都覆上了一层绵密的花毯，人们得用铲子耙子清理出通道才能出殡。

我说自己仍觉得这一切并非真实：从波哥大国博里陈列的画家奥夫雷贡真迹，到马孔多故居博物馆里传染“失眠症”的糖果小动物仿制品。尽管从去年就开始筹划行程，但直到此刻才明白这一次旅行冥冥中的真正原因。

——那是什么原因？

——“我来是为了王的葬礼。”

波哥大的马孔多

0. 北京 – 波哥大

接到波哥大国际书展邀请的时候，我还没有意识到，这次短暂的哥伦比亚之旅居然能达成一项看似不可能完成的行动：一个人同时在两个地方旅行。

1. 波哥大

踏上这片土地之前，我对波哥大的所有印象都来自加西亚·马尔克斯的小说：那是世界上最阴郁的城市……据说《百年孤独》的作者年轻时第一次来到阴雨连绵的首都求学，夜里刚上床就大叫起来：谁往我被窝里倒水了？！波哥大的确不像加勒比沿海那样整日里阳光灿烂，但也没有传闻中那样夸张的阴晦。走在路上的掠影，从酒店窗里俯瞰，这城市含着一种植被的润泽。

2. 马孔多

今年是第二十八届波哥大国际书展，也是首次“邀请”一个虚构之地、乌有之乡为主宾国：《百年孤独》中的马孔多。排了半个多小时的队，随人流涌进精心设计的主宾国展厅，迎面一幅巨大的马孔多疆域图占据了视野。马孔多四围的方位标示让人会心一笑：北方是科马拉（墨西哥作家鲁尔福《佩德罗·巴拉莫》中的舞台），约克纳帕塔法（福克纳的造境），拉曼却（堂吉诃德的故乡），南方则有圣塔玛利亚（乌拉圭作家胡安·卡洛斯·奥内蒂笔下的传奇之城）。

3. 波哥大

跟我在地球另一面的故乡相似，在这城市也常常堵车。

"Presidente（总统）！"出租车司机忽然喊我往窗外看。

"什么总统？"我一时没反应过来。

"哥伦比亚总统！"

不远处路上驶过一辆看不出多少特别的汽车，但从敞开的车顶上露出半个身子的赫然是一位严阵以待的士兵，双手稳擎的乌黑枪械更是令人无法忽视。

"Francotirador（狙击手）！"司机大叔继续解说。

4. 马孔多

波哥大书展对待主宾国很是用心。特制的记事本封面上有引自《百年孤独》里的话：

> 他半生都在闷热的书店后堂度过，用紫色墨水在撕下来的学生练习本散页上胡乱涂写细密的字迹，没人知道其中的确切内容。

说的是书中对末代奥雷利亚诺影响甚大的那位“加泰罗尼亚智者”。我曾在巴兰基亚探访那家书店的原型，可惜早已废弃。为书展嘉宾定制的布袋子上也印着：

> 出发前夜，他钉上文稿箱，把所有衣物塞进来时带的行李箱，然后揉了揉贝壳似的眼皮，指着一堆陪他度过流亡岁月的书本。

这里的“他”还是“加泰罗尼亚智者”，他还乡时丢弃藏书的情景被印在购书袋上，倒是多了些反讽的意味。连我们入住的酒店房卡都是特别制作（退房时可以带走留念），印有马孔多字样及其梦中的源起：

> 他询问这是什么城市，得到的回答是一个他从未听说、也没有任何含义的名字，但那名字却在梦中神秘地回响：马孔多。

到书展尾声时给嘉宾的派对邀请函上当然也不例外，

引用了书中意大利人克雷斯皮与丽贝卡结下情愫的场景：

> 在他告别的前夜，家里用修复的自动钢琴临时举行了一场舞会，他和丽贝卡联袂表演了一场美妙的现代舞。

可惜十三个小时的时差令我每到下午五点后就变得昏沉，面对东道主热情的邀请我只好婉谢："谢谢我就不去了，目前我需要午睡（siesta）多过派对（fiesta）。"

5. 马孔多

马孔多展厅的中心是木架巧妙搭建的环形小剧场，一场场讲座、对谈和表演就在其中进行："加博和政治""加博和新闻报道""当加博的学生""为加博作传""加博和电影""加博和诗歌""马孔多与造型艺术""马孔多的女性""马孔多的语言""文学爆炸那些年""加博的波哥大岁月""加博在墨西哥""朋友眼中的加博""诗人读加博""马孔多史，哥伦比亚史？"……我参与的是"翻译加博（traducir a Gabo）"专场，与加西亚·马尔克斯的巴西译者 Eric Nepomuceno 对谈。Eric 是位作家，风趣可亲。他说从不把自己当做译者：我只翻朋友的书，翻给另一些朋友看。一次他发传真给他的朋友加西亚·马尔克斯，提了八个问题请作家答疑。结果后者迅速回复，在每个问题后面都写了一句："查字典""查字典""查字典"。于是 Eric 毫不犹豫地逐一回复："查你个头……查你个头……查你个头……"

进入观众互动环节，一位肤色黝黑的大叔站起来，面带骄傲地说：我们来自加博的故乡阿拉卡塔卡（Aracataca）……全场立刻掌声一片。原来这些马尔克斯的乡亲是新近成立的魔幻现实主义基金会的代表。几位加勒比大叔大婶们以马孔多人当年款待美国佬吃香蕉般的热情，围上来给我戴上小黄蝴蝶胸针，赠我魔幻现实主义 T 恤和纪念海报，上面印着我想说的话：谢谢你，加博！

6. 波哥大

看完戏剧《问加博的一百个问题》（*Cien preguntas a Gabo*）出来，天色已晚，我们三个结伴走回酒店。路上两位哥伦比亚友人展开了讨论，执教于奥斯陆大学的

Nelson 感慨名声总是会改变一个人，但 Gloria 却觉得剧中对成名后的加西亚·马尔克斯刻画太过夸张：他是不会那样对待采访者的。原来数十年前 Gloria 曾经采访过《百年孤独》的作者，那时的她不过是个刚出道的年轻记者，但“他比我还害怕”。

7. 马孔多

我又一次排队进马孔多展厅，为的是品尝布恩迪亚家的手艺。原来这次书展专门请了几家餐厅和甜品店进行“品尝马孔多”的活动，书中饮下可以离地飞升三厘米的热巧克力、传染失眠症的彩色糖果小动物以及治疗食土癖的独门验方汤剂我没都赶上，倒是尝到了上校纪念版小金鱼的味道。书中的小金鱼是奥雷利亚诺上校战后西西弗斯式的事业：

> 用小金鱼换来金币，随即把金币变成小金鱼，如此反复，卖得越多活计越辛苦，却只是为了维持一种不断加剧的恶性循环。实际上上校在乎的不是生意，而

是干活本身。他必须全神贯注地投入，嵌上片片鱼鳞，用红宝石微粒镶鱼眼，锤出鱼鳃，添上尾鳍，再没有余暇为战后的失落而烦恼。

我捧着的小金鱼是巧克力做的，上面洒满一层金粉。没有红宝石的眼睛，眼看就融化在手心，似乎是暗喻上校脆弱的革命果实。

8. 波哥大

“马孔多”年轻的保安看我似乎没找着展厅出口，就热心地一路送我过去。他问我是日本人还是韩国人。哦，中国？他很想知道长城究竟有多长。——这个么，可以问问写过《长城与书》的博尔赫斯。

9. 马孔多

展厅快到出口的地方豁然开朗：这里竟开了家马孔多书店。半月形的空间里，拉美作家作品满坑满谷。犹豫再三，我做出冲动的决定：买下了 Emecé 出版社评注版、近三千页的三卷本《博尔赫斯全集》，然后心满意足地离开了这哥伦比亚版的阿莱夫。

10. 波哥大

清点书展几日的斩获：五六本马尔克斯研究文献，游击神甫米洛·托雷斯（Camilo Torres）的政治文选，埃弗拉因·韦尔塔（Efraín Huerta）和卡门·布略萨（Carmen Boullosa）的诗集（我是从波拉尼奥那里才知道这两位），一本西文版《狂人日记》，虽是小册子，译者却不简单，塞万提斯奖得主，墨西哥作家塞尔希奥·皮托尔（Sergio Pitol）。纳尔逊（Nelson）教授看见我还买了城砖一样厚的古巴作家卡夫雷拉·因方特（Cabrera Infante）文集：你不会是要翻他吧？这可比翻译《百年孤独》更有挑战性！

临走前我决定再去 6 号馆二层的独立书店展区扫货，结果又碰上旧书店圣方所（San Librario）的大叔，他劈头第一句话就是："有人偷了我的《百年孤独》第一版，有作者签名的……"

11. 马孔多

当天波哥大的电视报纸都播出了新闻。有人在网站相关消息下留言：所谓马孔多，就是签名初版《百年孤独》被偷的地方。

12. 波哥大

波哥大的书店很会起名字。“被侵占的房子（Casa tomada）”，这个自然典出阿根廷作家科塔萨尔的名篇，我第一次找过去，赶上五一节不开门。临行前二度登门，买了本小说《鱼的标记》（用掉马孔多书店购书所得、印着黄色火车的代金券），留下本拙译《克罗诺皮奥和法玛的故事》，赠给书店主人。“兔子洞（La Madriguera del Conejo）”书店没来得及去，把我的爱丽丝奇遇留到下一次。“卢比那（Luvina）”书店的名字是向鲁尔福《烈火平原》中的短篇致敬。正当卢比那的老板卡洛斯激情四射地给我介绍哥伦比亚当代文学，说到哪一本就登高上梯地翻出来，我忽然发觉自己的钱包好像丢在了路上，未能尽兴。回国以后还收到他的邮件，对我的钱包失落深表遗憾，“不过这可以成为你再来的借口……”

13. 波哥大

去书店的路上，盯着车窗上面贴着的“Juan Esteban a bordo（胡安·埃斯特万在车上）”黄色标签看了半天，终于忍不住问出租车司机，胡安·埃斯特万是谁。是什么别出心裁的政治口号么?

司机笑了：是我的小儿子。

他要求贴的，这样就代表他一直陪着我。

0. 波哥大－北京

从波哥大的马孔多一直陪着我经法兰克福回到北京的，是书展特别定制版马孔多蓝雨伞。本来担心会被安检拦下，想好了一肚子词儿争取，却没想到出乎意料得顺利。更没想到的是，终于到了首都机场 T3 出口处，我却被拦下来。

是塞了太多书的行李箱，在安检机器上看来有些蹊跷。

您的护照，谢谢……请问您从哪儿来？

我脱口而出：波哥大。

哪个国家？

哥伦比亚。

哪个哥伦比亚？

纪念五十周年的五分钟[1]

尊敬的 ×× 女士，尊敬的 ×× 大使先生，各位嘉宾：

据说有一次诺贝尔文学奖得主巴尔加斯·略萨坐飞机旅行，坐的是商务舱，而经济舱里的一位女士得知后再三恳求空姐，希望能见见自己的偶像，因为据她说，巴尔加斯·略萨的小说改变了她的生命。最终，一位空姐来到巴尔加斯·略萨身边，说一位女士想见您。《绿房子》的作

1 2017 年 5 月译者在北京大学百年纪念堂，《百年孤独》出版五十周年暨《海难幸存者的故事》中文新版发布会上的微（伪）演讲，按主办方的要求在五分钟内完成。

者以他一贯的彬彬有礼的风度，回答：没问题，请她过来。于是这位女士如愿以偿，把偶像的作品都赞美了一遍，最后说：我必须跟您坦白，在您所有的作品中我最喜欢的就是——《百年孤独》。

这个故事的真实性并不重要，重要的是它是个很好的例子，体现出五十年来这部作品的影响之大。六年前就在这里同一个地方，《百年孤独》新版首发式上，我并没有想到，《百年孤独》也会改变我的生命。我也没有想到，有朝一日我被邀请参加波哥大国际书展，那一届的主宾国却是一个幻想国度——马孔多；我没想到那一次在麦德林做完讲座，讲座的名字是“番石榴飘香与红高粱之味”，一位热情的女士请我品尝她做的甜点，因为她家的甜品店就叫作“番石榴飘香”；我没想到在巴塞罗那当我们几经周折终于找到马尔克斯七十年代的故居，却恰巧遇上了现在的房主，还问我有没有兴趣把那套公寓买下来，我没敢回答，心里偷偷算了一下，只需再翻译299本《百年孤独》大约就够了；我没想到自己第一次拜访加西亚·马尔克斯的家乡阿拉卡塔卡，却赶上他在那个圣周四去世，在故居门口，他的同乡郑重其事地为我戴上了这枚小小的纪念章。

博尔赫斯曾引用英国诗人柯勒律治：“如果一个人在睡梦中穿越天堂，别人给了他一朵花作为他到过那里的证明，而他醒来时发现那花在他手中……那么，会怎么样呢？”这枚印着马尔克斯头像的纪念章就是我的柯勒律治之花，提醒我即使时过境迁，生命中的一些经历，并非虚幻。

出版社要求我多说说新译本《海难幸存者的故事》。这让我联想起许多读者曾与我分享的阅读《百年孤独》的个人经历：其实《百年孤独》半个世纪里的接受史就是一部“幸存者的故事”，我们在马尔克斯的文学海洋里漂流了何止十天十夜。他影响了不止一代的中国作家，有人在他的魔幻波涛中沉没，也有人在经历了风暴的洗礼后找到了属于自己的航道。加西亚·马尔克斯的《百年孤独》和其他作品的确影响和改变了我们，为我们带来生活中种种意想不到的惊喜和遇合。为这一切，我心怀感激。

谢谢。

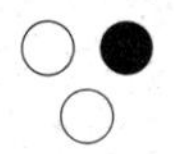

在水星的光环下

一名之立

书名的翻译，是诱惑也是挑战。加西亚·马尔克斯的名作《霍乱时期的爱情》（*El amor en los tiempos del cólera*），台译本作《爱在瘟疫蔓延时》，孰优孰劣见仁见智，两种译法都不乏追随者，一名之立，成了判断翻译口味的试金石；西班牙作家胡安·马德里的小说《屈指可数的日子》（*Días contados*）又作《来日无多》；女作家卡门·拉弗雷的成名作，书名仅一个再普通不过的词（*Nada*），却为译者造成了困扰，常见的译名有《一无所获》和《空盼》；加西亚·洛尔迦的剧作《坐愁红颜老》其实就是《老处女罗希达女士》（*Doña Rosita la soltera*）；巴尔加斯·略萨的代表作*La casa verde*在汉语中“坐落”在《绿房子》与《青楼》之间；阿根廷小说家曼努埃尔·普伊格的 *Boquitas pintadas* 是《红唇》还是《红红的小嘴巴》取决于书面与口语的文体敏感；智利作家劳拉·埃斯基韦尔“魔幻厨房”出产的畅销长篇 *Como agua para chocolate* 究竟是《恰似水之于巧克力》还是《浓情朱古力》可能需要从南美烹饪及相关习语入手；加西亚·马尔克斯的 *Doce cuentos peregrinos* 是《十二个朝圣故事》还是《十二个异国他乡的故事》则主要纠结于“peregrino”作为形容词的义项把握，而博尔赫斯的名篇 *El jardín de senderos que se bifurcan*，若要在几种译名间取舍（《交叉小径的花园》《小径分岔的花园》《歧路花园》等），恐怕也要反复斟酌动词 bifurcar 在原文语境中的指涉……每一选择背后必然蕴含着词义文意的辨析，风格趣味的倾向，乃至不同译者心中各行其是的翻译美学。

秘鲁 - 西班牙作家巴尔加斯·略萨的名作 *La guerra del fin del mundo* 究竟该翻成《世界末日之战》还是《世界尽头之战》？说来两种译法各有道理。小说以巴西作家欧克里德斯·达·库尼亚的巨著《腹地》（1920）为蓝本，聚焦于一段波澜壮阔的历史：1896 年巴西东北部腹地卡奴杜斯的农民饱受恶劣自然条件和统治者剥削双重之苦，在神秘的传教士“劝世者”天国福音的感召下武装起义，但建立地上乐园的愿景终究在政府军残酷镇压下破灭。所以，这既是发生于荒僻“世界尽头”的事件，也是起义者眼中的“世界末日”之战。直到 2010 年，作家在诺贝尔文学奖的光环下访华，给出官方版本的解答，肯定了书名中的“fin”包含空间与时间双重含义。虽然中文里难以找到兼备两者的译法——巴尔加斯·略萨微笑着表示理解——但西语翻译界的一桩公案总算尘埃落定。

西班牙现代语文学的奠基人达玛索·阿隆索（Dámaso Alonso）也是“二七年代”的重要诗人，其名作《可怒之子》（*Hijos de la ira*, 1944）是战后诗歌中里程碑式的作品。这一标题出自圣经《新约·以弗所书》2 章 3 节：“我们从前也都在他们中间，放纵肉体的私欲，随着肉体和心中所喜好的去行，本为可怒之子，和别人一样。”（据中文圣经《和合本》）如果对此典故缺乏了解，像常见的文学史论述中照字面译作《愤怒之子》或《愤怒的儿女们》，进而将诗集简单视为对社会的愤怒抨击，固然称不上错谬，但不免忽视了诗人对处身世代的切肤自省，以及无边绝望中的一线希望之光——因为《以弗所书》中在“可怒之子”一词出现后，紧接下来的第4节便转到上帝的怜悯与救赎，也正是在此语境中才能深切体认现代诗人对上帝沉默的质询和呼喊。

近来有个让人旬月踌躇的难题。古巴作家吉列尔莫·卡夫雷拉·因方特（Guillermo Cabrera Infante）有一部与《百年孤独》同时期的名作，至今尚未有中译本问世。有人将它称为拉丁美洲的《追忆逝水年华》，也有人干脆说这是一部“天书”，挑战翻译的极限。据说当年中国西葡拉美文学研究会的诸前辈也曾考虑将其纳入云南人民出版社著名的“拉美文学丛书”，但终究因为没有合适的译者而作罢。究竟难在何处，先不必举其他的例子，仅书名即可见一斑。建议读者先念上一念：Tres tristes tigres，恭喜没有咬到舌头。学过西班牙语的人想必都知道这是一个著名绕口令的开头，直译过来就是：“三只悲伤的老虎……”作家自承这部小说真正的主人公是五十年代革命前夜的哈瓦那，城市里自然不会真有老虎，遑论“悲伤的老虎”。将它直译成“三只悲伤的老虎”，也不失为有趣的书名，但损失也不可免：首先绕口令的味道荡然无存，中文里“三只悲伤的老虎”完全不绕口，作家这方面的意图就落了空。“三”是数词，“悲伤”是形容词，后面还有一个普通名词——“老虎”。因方特认为老虎象征着蛮荒之地和异国情调，悲伤可说是最文学化的情绪，至于三则是神秘的数字，在作者眼中代表着“可怖的不对称”，“头脑丛林中幽暗的闪光”。在两希文化以降的源流中可以找到太多与“三”相关的文化符码，最常见的便是犹太基督教传统中三位一体的上帝。试看英语译家的处理，他们经过漫长的寻索（three sad tigers, three tired tigers, three flat tigers, three triped tigers, three-tongued tigers, three triggered triggers），最后译成 Three Trapped Tigers。可以看到字义上有所牺牲：“triste（悲伤）变成了“trapped（被困）”，但借着同为西方拼音文字的优势，成功保留了 TTT 的头韵（虽然译者们也坦承，tr-tr-t 的“伪头韵”视觉效果多于语音效果）。因方特自己表示这已经是众多选项中最好的一个，要不就索性不译，直接用西语原书名 *Tres tristes tigres*。小说家还不无戏谑地加上一句："归根结底，还是得听出版人的意见，他们是最好的裁判官。"我找来几本绕口令大全，又在网上搜索跟老虎相关的绕口令，暂时没有令人满意的结果。如果为了凸显语言游戏色彩，选取不相干的中文绕口令做题目，那么"三"、"悲"、"虎"这三元素在语义上、联想轴上的指涉又会丧失。后来想出一个差强人意的方案：《苦虎图》。首先"苦 ku- 虎 hu- 图 tu"韵母重复，念起来能产生音韵上的"疏异感"；语义上"苦"勉强能和"triste"产生一点关联，"虎"也幸运地保存了下来。至于"三"哪里去了？题目这不是三个字么。

译余断想

□ 寓言

《百年孤独》可以读作一则关于翻译的寓言。书中充满了各种语言的众声喧哗：除了西班牙语，至少还有法语、英语、拉丁语、意大利语、加泰罗尼亚语、印第安土著语、吉卜赛人的语言、帕皮亚门托语等混合语，水手的黑话，费尔南达矫揉造作的个人语言以及阿玛兰妲对前者的戏仿……由此而来的是几乎无所不在的翻译行为：恋爱中的克雷斯皮将彼特拉克十四行翻译成西班牙语，神父译解出被绑在栗树上的布恩迪亚口中的奇异语言（其实是拉丁语），甚至贯穿全书几代人的主线也是一项翻译作业：破解梅尔基亚德斯留下的羊皮卷，将梵文密码译成西班牙语。到全书最后，第六代奥雷里亚诺终于得窥天机，原来“那是他家族的历史，连最琐碎的细节也无一遗漏，百年前由梅尔基亚德斯预先写出”，他急不可耐地跳过已实现的预言，“开始破译他正度过的这一刻，译出的内容恰是他当下的经历，预言他正在破解羊皮卷的最后一页，宛如他正在会言语的镜中照影。他再次跳读去寻索自己死亡的日期和情形，但没等看到最后一行便已明白自己不会再走出这房间，因为可以预料这座镜子之城——或蜃景之城——将在奥雷里亚诺· 巴比伦全部译出羊皮卷之时被飓风抹去，从世人记忆中根除，羊皮卷上所载一切自永远至永远不会再重复，因为注定经受百年孤独的家族不会有第二次机会在大地上出现。”这著名的结尾同时结束了“原文”（羊皮手稿），“译文”（如果我们把读者手中这本记载了整部家族史、名为《百年孤独》的小说看作羊皮手稿的某种镜像的话）以及“译者”奥雷里亚诺作为小说人物的生命。然而另一位“隐形的译者”仍在场：借助博尔赫斯式的（或者应该说塞万提斯式的）乾坤挪移变形术，“原作者”加西亚·马尔克斯成功换位变为“译者”，而他笔下的人物吉卜赛智者梅尔基亚德斯反成了“原作者”。

□ 策略

作为译者，面对《百年孤独》所采取的翻译策略很大程度上取决于我作为读者的阅读经验。译界前贤言犹在耳：“译应像写”（罗新璋），“理想的译文仿佛是原作者的中文写作”（傅雷），我也曾鼓起勇气暗自设问：“如果加西亚·马尔克斯用中文写作，会是怎样的呈现？”在寻索答案中曾求助于翻译理论家奈达的“对等原则”，即“尽可能使译文接受者对译文的反应等同于原文接受者对原文的反应”。相信众多读者和我一样，对《百年孤独》最深刻的印象来自小说独特的讲述语调。那是超越时光的讲故事人的调子，不动声色又煞有介事，以不容置疑的说服力，能将司空见惯者重新赋魅，将离奇神异者看为平常。西班牙诗人豪尔赫·纪廉这样形容小说家：“他像神一样书写”，或许只有这样的调子才可能与那一个戛戛独造、浓缩人类历史的马孔多世界相匹配。这代表着强大而精确的控制力，由此衍生出的加西亚·马尔克斯形象俨然书中的奥雷里亚诺·布恩迪亚上校，站在粉笔画出的圈子正中，将所有人拒之于三米外，以造物主般的漠然俯瞰众生，天地不仁，以万物为刍狗。因此在译文中重现这样的调子是迻译《百年孤独》成败的关键，也是我这名译界学徒在翻译过程中努力的方向，虽不能及，心向往之。

安托内·贝尔曼在《翻译及对异的考验》一文里曾提及“劣质写作（bad writing）”的概念，其实指的是散文体作品中的一些经典，都具有包含多种文体和话语形式的特征，《堂吉诃德》即是其中代表。而《百年孤独》在一以贯之的主调外，也不乏丰富微妙的变奏。例如在描写“法国女郎”的风月手段一节，将作家惯用的类比及排比手法发挥到夸饰的地步，原文连用六个不同的动词配上相应的宾词构成齐整的平行句式：“……para estimular a los inermes, despabilar a los tímidos, saciar a los voraces, exaltar a los modestos, escarmentar a los múltiples y corregir a los solitarios”——熟稔西语文学的读者或许会在这里发现对《堂吉诃德》的戏仿：“……para defender las doncellas, amparar las viudas y socorrer a los huérfanos y a los menesterosos（来保护贞女、援助寡妇、救济孤儿和一切无告之人）”（第一部第 11 章，据董燕生译本）。在译文中我也依样凑出六个互不重复的平行词组试图再现：“使无能者受振奋，腼腆者获激励，贪婪者得餍足，节制者生欲望，纵欲者遭惩戒，孤僻者变性情。”在这样的语境中，用语越是整饬堂皇，反讽的效果越是强烈。

又如美人儿蕾梅黛丝升天一幕：“身边鼓荡放光的床单和她一起冉冉上升，和她一起离开金龟子和大丽花的空间，和她一起穿过下午四点结束时的空间，和她一起永远消失在连飞得最高的回忆之鸟也无法企及的高邈空间。”加西亚·马尔克斯早年的文学实践本是从诗歌创作肇始，他对诗歌的热爱从未稍减，此处这位小说家有意选取浸润浓厚超现实色彩的诗歌语汇来描写这超自然的场景，“金龟子和大丽花”显然在向西班牙诗人洛尔迦的超现实主义诗篇《诗人在纽约》致敬，而“下午四点钟”会让热爱西语诗歌的读者立即联想到洛尔迦《伊格纳西奥·桑切斯·梅希亚斯挽歌》中反复吟唱的名句。翻译常常是在所谓的归化和异化中寻找平衡点，而在面对诗歌文本时，为了保护诗之所以为诗的质素，我倾向于将指针向异化一端倾斜，更多地关注能指多过所指。我斟酌再三，做出与其他译本不同的选择，将原文一段中多次出现的“aire”一词全数译作“空间”，保留原文有意为之的重复及内在韵律。另一处“pájaros de la memoria”，有评论家认定典出西班牙大诗人希梅内斯，我将其直译作“回忆之鸟”而未阐释为“回忆中的飞鸟”之类，也是为保留原有的隐喻结构，暗示其间秘响旁通的互文指涉。

□ 再思

一位友人在书评里说到他对翻译文学的期待：“遇到一种略带不协调的中文，遇到一些罕见的用词、表达式甚至不很紧凑的语法，去进入故事所描写的一个陌生的语境”，因而拙译《百年孤独》中“过多过密的考究中文，限制了我很钟情的陌生感的进入”。我在此无意自辩，因为相信上文中已经阐明了我在彼时彼地特定情境中所选取的翻译策略。在实际操作中常常在审订初稿时自问“西语读者读到这里会有生涩的感觉么？”，答案如果是否定的，那么就进一步调整打磨。若读者在译文中能得到行文流利考究的印象，我倒会觉得是特定的翻译策略得到了贯彻，虽然考虑到自己的眼高手低，雕琢的拙劣痕迹怕也在所难免。不过实际上令我感兴趣处还不在此。

“严苛一点讲，在世界文学的版图里，我们还只有后知后觉效学的份儿，也正是因此，我才觉得《百年孤独》的重译本照顾了太多汉语文艺腔的语言习惯，削弱了走进一个陌生国度时扑面而来的新鲜感。”友人委婉的批评以及对陌生化“翻译腔”的期待让我想起韦努蒂《译者的隐形》中的主张，即摒弃“通顺流畅”的译文评估标准，打破“翻译是创作透明文本”的错觉，进而挑战主流趣味，发挥“文化重构”的作用，借此“有可能修正本土的文学经典”甚至“修正本土文化价值观”。韦努蒂提倡的“另类”翻译策略一方面旨在凸显译文的独立和自足，当出版商、评论家和读者认定“全无翻译痕迹”才是好译文，容易无形中忽视译文生成的种种复杂因素，遮蔽了译者的工作价值；另一方面则着眼于对英语文化霸权和不平等的文化交流进行文化干涉，保全多元文化生态。饶有趣味的是，具体到《百年孤独》中译的个案，却是同属“边缘地带”的第三世界内部的文化互动，抵抗式的异化翻译策略是否适用或如何应用便成了值得再思的问题。国内学者关于拉美魔幻现实主义在华接受史的研究已经体现了异域文化对本土文学创作乃至文学经典塑造的既成影响，或许下一阶段不妨探索从选题到文体融入异质性元素的广义“异化”翻译，在凸显原文语言和文化差异的同时打破对拉美“斑斓、狂野、激情”的明信片式想象，抵御对异域文本保守的“同化”和“简化”，为与“他者”的交流争取更开放的空间和更多样的可能。

译之喻

在《红楼梦》二十二回，元春娘娘做了灯谜命大家猜，由是引出大观园里宝玉和众家姐妹的灯谜来。其中有宝玉的一个：

> 南面而坐，北面而朝
> 象忧则忧，象喜则喜

打一用物，谜底是镜子。用的是《孟子》中的句子，与宝玉一贯痛恶《四书》的形象不符，所以有学者认为此灯谜和随后宝钗的那个都是后人续补，而非雪芹先生原作。

这且不说。我想起这个来是因为觉得同样的谜面也可以打一行当：译者。虽然不大好用舜与异母弟象的爱恨情仇来比附原作者与译者之间的微妙关系，但“象忧则忧，象喜则喜”用来形容翻译中亦步亦趋，辗转反侧，揣摩原作的心情倒也贴切得很。

□ □ □

大约是以前武侠小说看得太多，曾一度喜欢把译者想象作《刺客列传》中的人物，审时度势不肯轻易出手，百般琢磨文字只为倾力一击，待译稿交出便再与自家无涉，所谓“事了拂衣去，深藏身与名”。但现实中往往人在江湖，身不由己，常常忍不住又悄悄回来，听听读者看官的意见。有赞扬自然欣喜，有批评也不免沮丧或警醒。后来听多了评论各样译作的声音，就发现很有趣味的现象：群声喧哗后常蕴含着对译者身份定位的种种想象。

“Traduttore, traditore（翻译者即反逆者）”应该是其中最著名的一种。其实译者的“叛逆”属性在今日翻译学语境中可以有积极的阐释，虽然用这话质疑贬黜翻译者历来不在少数。钱钟书先生提到歌德曾把翻译家比作“下流的职业媒人……因为他们把原作半露半遮，使读者想象它不知多少美丽，抬高了它的声价”，其可信度颇值得怀疑。他在同一篇文章里也追踪溯往，提醒我们“译”之一字本与“媒”“讹”“诱”等字同源，译者居间联络，“引诱大家去爱好外国作品”，毕竟成就了一桩桩“文学因缘”，尽管未必个个美满。将不尽人意的译本比作“说谎的媒婆”之后，茅盾先生也曾慨叹“真正精妙的翻译，其可宝贵，是不在创作之下……‘媒婆’亦何尝容易做呀！”其实同样与媒妁相关的比喻，我自己更喜欢犹太传统中“新郎的朋友”。圣经学者巴克莱在《约翰福音》的注释中说：

“在犹太的婚礼中新郎的朋友 shoshben 有一个独特的位置。他做新郎新妇间的联络者，他安排婚宴，发出邀请，在婚宴中当主席。他使新郎新妇在一起。他更有一个特别的任务，就是看守新房不让假冒的外人进去；他在黑夜中听见新郎的声音认出是他才开门让他进去。当他听见新郎的声音他就快乐，让他进去，自己就欢喜地走开，因为他的任务已完成，爱人们已经在一起。他不会妒忌新郎新妇，他知道他唯一的任务就是使他人在一起，这任务完成他就志得意满地从图画的中央退出。”

这不也是译者想象中的理想图景，道路已铺平，障碍已扫除，作品与读者相遇，“爱人们已经在一起”。于是新郎的朋友心满意足——我短短学译生涯中最大的鼓励和动力都来自读者类似的表白：“我因你的译文爱上了那位作者……”

□ □ □

说起历来译者之喻中，倒是用绘画雕刻手工艺作比的居多。据说叔本华曾把收藏翻译作品的图书馆比作专门收藏复制品的画廊，把翻译比作用一种乐器演奏原为其他乐器所谱之曲，伏尔泰把译本与原作的关系比作复刻与原画，塞万提斯也借堂吉诃德之口感慨，翻译“好比弗兰德斯的花毡翻到背面来看，图样尽管还看得出，却遮着一层底线，正面的光彩都不见了”。——十六世纪的西班牙骑士在选择比喻上与十一世纪的翻译家释赞宁同出一辙：“翻也者，如翻锦绮，背面俱花，但其花有左右不同耳。”这些比喻恐怕都不能算是对翻译乐观的评估，然而同类的比喻一样可以表达翻译的理想，例如译界前辈傅雷诸先生就把翻译比作“临画”，表达“不在形似在神似”的境界。在与其他艺术形式相类比的喻象序列里，或隐或现蕴藏着一个问题：翻译是不是，能不能是原创性的艺术？或许答案并不在比喻之外。

□ □ □

据说《格列佛游记》讲到主人公来到某异域觐见国王，格列佛模仿当地的语言表达了如下的意思：“My tongue is in the Mouth of my Friend（我的舌头在我友人口中）”。意思是说，请允许我带翻译。不知算不算“东海西海，心理攸同”，中国古典里也以“舌人”喻称翻译：“故坐诸门外，而使舌人体委与之。”（《国语·周语中》）其注曰：“舌人，能达异方之志，象胥之官也。”著名的舌与译之喻还有新约圣经《使徒行传》中记载的五旬节事件：

> 五旬节到了，门徒都聚集在一处。忽然从天上有响声下来，好像一阵大风吹过，充满了他们所坐的屋子。又有舌头如火焰显现出来，分开落在他们各人头上。

他们就都被圣灵充满，按着圣灵所赐的口才，说起别国的话来……

如火如舌的圣灵降临，最直接的外在征象竟是“说别国话”的传译能力，解开巴别塔纷争的诅咒。惊异之余，教人又想起另一个与火与舌与翻译相关的轶事，鸠摩罗什之舌：“[鸠摩罗什] 与众僧告别曰：……自从闇昧，谬充传译。凡所出经论三百余卷……愿凡所宣译，传流后世，咸共弘通。今于众前发诚实誓。若所传无谬者，当使焚身之后，舌不燋烂……即于外国法以火焚尸。薪灭形碎，唯舌不灰。”（慧皎《高僧传》）

薪灭形碎，唯舌不灰。对于一位译经家，一位“真理的舌人”（刘皓明语），没有比这更高贵执着的喻象。而将《心经》、《大智度论》等诸多梵典译为华语的鸠摩罗什，正可与拉丁圣经之父耶柔米（又译哲罗姆）同列为后世“舌人”的守护圣徒。

□ □ □

“学说话就是学翻译”——诺贝尔奖得主墨西哥诗人帕斯如是说。每个人从牙牙学语开始就已经在不自知的情形下成为“译者”，随时随地将自己所思所感“翻译”成语言，实现与他人的交流。至于通常意义上的翻译，即在不同语言间转换的语际翻译，不过是一种特殊的交流形式罢了。所以每个人都是“译者”，而我们这些被称为译者的，其实是特殊的配音演员，纸上的“声优”，用自己的声腔描摹创作。换一个角度看，所谓译者和作者尽可以互为喻体，所做的工作都不外乎普鲁斯特所说将“记忆中依稀记得的曲调……记录下来，给以再现，唱出来”，这样我们也就明白为什么《追忆逝水年华》的作者会将自己的写作称为“翻译我自己可怜的灵魂”。

回到开头提过的《红楼梦》二十二回：“听曲文宝玉悟禅机 制灯谜贾政悲谶语”。灯谜的事之前原有一段宝玉参禅，写罢偈语又补上“寄生草”小令，劈头一句便说：

“无我原非你……”

这是我心目中最妙的翻译之喻。按克里斯特娃的洞见，是翻译使我们自身的“异质性”凸显成形。当翻译之犁破开习惯的冰海，“讲另一种语言”或许真能成为“保持生命的最基本条件”。

在水星的光环下

据说水星是处女座的主宰行星，在水星影响下的处女座人倾向于追求完美，不自信，神经紧张，吹毛求疵。如果这样的说法可信（处女座的诸君请不要介意），那么我也有个发现：一些人在进入翻译状态时会变成处女座，比如本是巨蟹座的我。

手头刚刚完成一本小书，阿根廷作家科塔萨尔的《克罗诺皮奥与法玛的故事》。是一部奇特的作品，好像短篇小说集，好像散文，好像诗歌，又都不是。更像一场兴高采烈的游戏。所以我也兴高采烈地推荐给编辑，后来也承担下翻译的任务。于是我后悔了：阅读时有多少快乐，翻译时就有多少烦恼。比如这段："崇拜者在震惊中查阅罗马和平失去的是怎样的艺术家瓦卢斯还我军团所有女人的男人和所有男人的女人（当心三月十五日）金钱无臭味凭此记号汝将得胜。"

为了这一句话中的典故，我先谷歌维基了一通，查出蛛丝马迹再到学校查《不列颠百科全书》，又咨询了几位外教后才基本破译：

○ "罗马和平（*Pax Romana*）"是指从奥古斯都（公元前 27 — 公元 14 年在位）至马可·奥勒利乌斯（公元 161 — 180 年在位）的统治时期，整个地中海世界保持的相对升平状态。

○ 据传暴君尼禄自杀前感喟道："世界失去的是怎样的一位艺术家！"

○ 公元 9 年，罗马帝国由瓦卢斯率领的三个军团在条顿森林之战中被日耳曼人全歼。据传屋大维得悉后以头撞墙高呼："瓦卢斯，还我军团！"

○ "当心三月十五日"语出凯撒遇刺前预言者对他的

提醒；可参看莎士比亚《裘里斯·凯撒》第一幕第二场。

○　“金钱无臭味”即“*Pecunia non olet*”。罗马帝国皇帝韦斯巴芗（Vespacian，公元69年至79年在位）征收尿税遭到其子抱怨，遂取一枚金币唤其嗅之：“无臭味！”

○　据传公元312年君士坦丁大帝在一次重大战役前见异象，天现十字架，上刻“凭此记号汝将得胜”的字样。

还剩一个可疑的“所有女人的男人和所有男人的女人”，我写邮件向马德里的科塔萨尔专家玛丽安赫莱斯女士请教，才知道出自古罗马史家苏维托尼乌斯，即拉丁文“*vir omnia mulieribus et mulier omnia virorum*”，影射凯撒的双性恋行为。

补全注释，暂时松了口气，不过这样典故密集出现的情形毕竟罕见，通常遇到的都是隐蔽的用典，那些或明或暗的文化符码。例如《百年孤独》中的人名。马孔多之父全名叫作何塞·阿尔卡蒂奥·布恩迪亚（José Arcadio Buendía），姓氏中间的Arcadio被我在书中翻作“阿尔卡蒂奥”，现在觉得不很妥当。因为这个词源自Arcadia，希罗神话中的世外桃源，小说家选择这个姓氏正与马孔多早年田园牧歌式的乌托邦氛围相符。所以如果有机会修改，我会仿照《不列颠百科全书》中“阿卡迪亚”的译法，改作“阿卡迪奥”。另一人名 Babilonia 我几经犹豫，最后还是没有按读音译成“巴比伦尼亚”，而直接译作“巴比伦”。因为在西文中这个词就是根据圣经启示录中预言因淫欲和堕落而万劫不复的大城巴比伦，在小说中叫这个名字的人物与梅梅私通，生下奥雷里亚诺·布恩迪亚，日后破译羊皮卷、见证百年家族的最终毁灭。

如果文化符码同时又构成双关语之类的修辞手段，就成了翻译中更大的挑战。《百年孤独》中写到世外桃源马孔多第一次有外来权力进入，堂阿波利奈尔作为政府派来的代表，成为第一任 corregidor。这个专有名词源自动词“corregir（纠正，改正）”，《新时代西汉大词典》给出的译法是：“（古时的）地方长官，总督”，西班牙皇家学院 1762 年版的《权威词典》则这样解释：“代表国王在其辖地某城市或村镇行使统治及行政权力的官员”。在西班牙皇家学院网站上的语汇库《西班牙语历时大全》（*Corpus diacrónico del español*）检索，其使用记录至少可上溯到十五世纪末，多见于司法类文件。

在小说中这个词出现在一个富于戏剧性的场景，何塞·阿尔卡蒂奥·布恩迪亚代表全镇人来到刚到任的堂阿波利奈尔面前，郑重宣布：

> 另外请您弄清楚，我们不需要corregidor，因为这里没有什么可corregir（纠正）的。

显然我们的主人公不知道corregidor为何物，只是望文生义，以为就是字面上“纠正者”的意思，所以才说出这样的话来。这里的语言游戏不仅是幽默而已，第一代布恩迪亚的无知正传神地折射出马孔多人化外之民的面貌，“帝力于我何有哉”；另一方面，他的错误解读也成为全书无数阅读解码个案中的一例，而解读或“翻译”可说是《百年孤独》贯穿全书的主题：既有同一语言内部的解读，不同语言间的翻译，也有不同符号系统间的传译……因而如果仅翻成“行政长官”或“镇长”自然没错，但原文中的词语游戏及丰富蕴含也荡然无存。于是我在中国历代职官表中搜寻，找到了“里正”这个词。据《辞海》“里正”条：

古代乡官。《公羊传·宣公十五年》“什一行而颂声作矣。”何休注：“一里八十户……其有辩护伉健者，为里正。”辩护，谓能办事。后代多设里正，但制度各有不同。隋畿外二十五户为里，设置里正；百家为党，置党长。唐以百户为里，五里为乡。每里置里正一人。见《通典·食货三·职官十五》。至明代改名里长。洪武十四年，诏天下编赋役黄册，以一百十户为一里，见《明史·食货志一》。

由此译成：“另外请您弄清楚，我们不需要里正，因为这里没有什么可纠正的。”多少保留下原文中的语言游戏，但也付出了或许过于沉重的代价。首先，尽管“里正”与“corregidor”同属古旧的语汇，指代早已废止的官职名，但毕竟带有明显的中国古代色彩，不少读者会感到与外国小说的氛围违和。其次这个官职可能过小，虽然最初的马孔多也只是“二十户人家的村落”。所以这是一个并不成功的案例，在此见证我这个翻译学徒在搔首踟蹰上下求索后归于无奈的失落。

其实最大的烦恼我还没有提及。第一节翻译课上我会向学生提出下面的问题：

翻译在何种程度上是可能的？文学翻译是一门原创性的艺术么？评估翻译作品的尺度为何？

对译者如我，这些没有标准答案的问题是永恒的烦恼，也是动力源泉。

让我们回到水星光环下。水星因墨丘利得名，他是“众神的信使，司商业、手工技艺、智巧、辩才、旅行以至欺诈和盗窃的神”。其实他做翻译之神也很合适：以智巧和技艺完成语言间的交易，文本中的旅行，偶尔成功地欺骗，制造透明的幻觉，让人以为所读的就是“原文”，但偶尔也为了打破常规，故意显出自己飞翼之履的踪迹。

“采集那微妙的调子”

数年前，西班牙作家阿索林的一篇名叫《被译》的短文被我译了出来，——想来不无反讽的意味。文中作家Z的见解可以看作阿索林的夫子自道：“我的书太西班牙了”，因而“是无法翻译的”。至于无法翻译的理由，据《被译》中的解释：“太过西班牙的意思是，采集西班牙的魂魄；那调子微妙，无法估量。而这些，在变成另一种语言的时候就消失了。”然而就在这样不可译的论说中，我似乎发现了可译的解决之道，抑或至少一线希望之光，即“采集”那“微妙的调子”。

西班牙现代语文学的巨擘梅嫩内斯·伊·佩拉约（M.

Menéndez y Pelayo）在西文版的《海涅诗选》前言中颇具启发地指出，诗歌的精华魂魄植根于人类普世的心灵，因而既是最可译者也同时是最不可译者。在他看来，要翻译的不是音节声响——那本是无法在不同语言间传译的——而是“灵魂中的震颤”，余者都是末节，任何有诗歌感受力的读者都能自行补足。

无论是采集微妙的调子，或是传递灵魂中的震颤，美则美矣，却似乎不容易应用贯彻于实践。或许诗人帕斯引用的另一位诗人瓦雷里的话更方便把握：“理想的诗歌翻译在于用不同的手段创造相似的效果。”译诗其实与写诗相似，只不过按帕斯的说法，译诗是“反向”的创作。也就是说，在译者开始之先，已经知道自己的诗“应该是眼前那首诗的再现”。当然这里的“再现”可能又引发新一轮见仁见智的讨论，但至少我个人理想中的再现应当是某种传神写意的手摹心仿，文体风格上的浃洽无间，诗意气场的无形置换。于我自己并不缺乏失败的案例。西班牙黄金世纪文坛许多名作采用七、十一音节交错的“竖琴体”（Lira），我在学译时过分亦步亦趋，胶柱鼓瑟，试图以同样字数的汉字逐行对应来摹仿，自己缚住手脚，不光白辛苦一场，更不免化神奇为腐朽。后来草译古谣曲（Romancero）时调整策略，因谣曲多出自游吟诗人之口，经文人加工润色，本属说唱文学一类，在花部雅部之间，便尝试在语体上追求某种对等，借此达至译入语中的再现，向友人戏称以京韵大鼓体出之：

莫厉娜的毒酒（*EL VENENO DE MORINA*）

——我来赴宴席，莫厉娜，为周日的婚礼。
——这婚礼，堂阿隆索，本该我与你结连理。
——非是与我结连理，莫厉娜，新郎是我亲兄弟。
——请入座，堂阿隆索，坐在这张雕花椅
父亲将它留与我，谁人坐上选东床。
堂阿隆索入了座，睡意沉沉入梦乡。
莫厉娜，好姑娘，快步走进百花园；
三分水银膏，加四份铁屑来搅拌，
三条毒蛇血，蜥蜴皮一张正新鲜，
再添蟾蜍刺，一并入美酒。
——请尽杯中酒，堂阿隆索；堂阿隆索，请尽杯中酒。

——美酒你先尝，莫历娜，谦让女士理应当。
莫历娜，好姑娘，美酒暗暗折入怀；
阿隆索，痴小子，杯中美酒饮精光。
一时酒力发，牙齿落尽气力衰：
——酒中藏何物，莫历娜？何物酒中藏？
——三分水银膏，加四份铁屑来搅拌，
三条毒蛇血，蜥蜴皮一张正新鲜，
再添蟾蜍刺，只为把你性命伤。
——救救我，好莫历娜，我必与你结连理。
——万不能，堂阿隆索，魂魄俱已离身去。
——永别，我爱妻，从此孤清守空床
永别，我双亲，从此无人侍堂上。
当初我离家门骑乘一匹白龙马
如今我赴教堂身居一只松木匣。

这“微妙的调子”采集实难，作为译者的心得只有且败且战，乐此不疲——愿诗人恕我。好在新近学了塞缪尔·贝克特的一句话，正合适置之座右：“下次我会失败得漂亮些。”

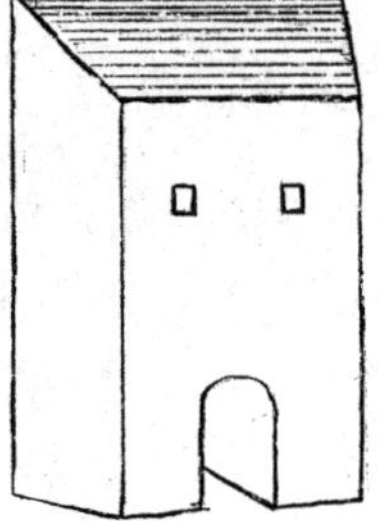

书房即故乡

乌鸦及博尔赫斯

1）永远不要一次写一个短篇。因为如果一个一个地写，那么你可能到死都在写同一个短篇。

2）短篇小说最好三个三个的写，或者五个五个的写。如果精力足够，可以九个，或者十五个同时写……

3）要读基罗加，要读菲利斯贝尔多·埃尔南德斯和博尔赫斯。要读鲁尔福和蒙特罗索……

——罗伯托·波拉尼奥《关于短篇小说写作艺术的忠告》

□ I 乌鸦

我目前为止读过的最有趣的乌鸦寓言，是奥古斯都·蒙特罗索（Augusto Monterroso）写的。他说在查普特佩克（Chapultepec）森林公园——这公园在墨西哥城，我去过，有很多松鼠——有一个养乌鸦的人。蒙特罗索是危地马拉人。在他年轻时代危地马拉处于某位独裁者的统治下（他的名字我们懒得提起）。独裁者在总统官邸的接待大厅旁边设一小室，配备全套牙科工具。如果哪位部长没能圆满完成指令（就像他自己总是圆满完成白宫的要求那样），他会请部长坐上治疗椅，亲自为其拔牙一枚。蒙特罗索参加了 1943 年的反独裁学生运动，次年独裁者下台。数年后新的独裁者上台，蒙特罗索因主办反政府刊物入狱，越狱，到墨西哥使馆避难，流亡墨西哥。后来才有了墨西哥城公园里乌鸦的故事。在由唯一长句组成的寓言里，那个人靠养乌鸦发财致富，培育的优良品种远销国内各大动物园，经几代繁育后的乌鸦已经不再试图啄出饲养者的眼珠，而转致力于啄出观众的眼珠，因为那些家伙明显品位粗俗甚至当着乌鸦的面无礼地评论不应该养什么乌鸦因为这些家伙会啄出人的眼珠。这是一则可以有很多种阐释的寓言，比如关于短篇写作的指南——毕竟寓言的题目就叫作《被精心喂养的故事》。

□ II 博尔赫斯

我目前为止读过的最有趣的博尔赫斯指南，也是奥古斯都·蒙特罗索写的。我平生第一次出国买的第一本外文书，就是蒙特罗索的《永恒运动》（Joaquín Mortiz 出版社，1972 年初版）。在墨西哥城某个不起眼的小书店，我遇到了仰慕已久的这本全是苍蝇的小书——书中收集了许多关于苍蝇的名人名言（西塞罗：孩子，赶走苍蝇！），而且从封面到插图也是同一主题。不过现在要说的是书里那一篇疑似指南：《豪尔赫·路易斯·博尔赫斯的利与害》。蒙特罗索结合个人的阅读经历肯定了这位阿根廷作家对西班牙语的贡献，他说自己这一代人在读到博尔赫斯之前大都已对母语绝望，没想到有人竟能让她死里复活且仪态万千。另外博尔赫斯善于制造惊异（伟大的昆体良的教诲），但不像卡夫卡从开篇就让甲虫出现，而是善于将读者引入其彀中而不自知（——直到被啄出眼珠）。模仿博尔赫斯的诱惑几乎难以抗拒，但注定徒劳无功。因为博尔赫斯和乔伊斯一样，都是不可能模仿的：因为太容易也太明显了。

最后他列举了十条与博尔赫斯相遇的可能后果并做出评估：

1. 从他身边经过而毫无察觉（有害）。

2. 从他身边经过，返回并跟了他一段路看看他在干什么（有利）。

3. 从他身边经过，返回并从此跟随他（有害）。

4. 发现自己是傻瓜，迄今为止从未冒出过任何有价值的想法（有利）。

5. 发现自己很聪明，因为喜欢博尔赫斯（有利）。

6. ……（有害）。

7. ……（有利）。

8. ……（有利）。

9. ……（有害）。

10. 不再写作（有利）。

□ III 乌鸦及博尔赫斯

一个秋天的清冷上午，罗伯托·波拉尼奥（Roberto Bolaño）在日内瓦的普兰帕拉斯（Plainpalais）公墓。他觉得这里更像个公园，每天午后过来，面对某个国务委员的墓坐下看书会很不错。根据管理员的指示，他终于找到了此行的目的地。周围一个人也没有。“我想起卡尔德隆，想起英国和德国浪漫派，想起人生的诡异，换句话说就是：我什么都没想。我就看着那墓，石头上刻着豪尔赫·路易斯·博尔赫斯的名字，生卒年和一行诗。”然后在面对墓石的凳子坐下，就听见一声沙哑的鸦啼。不远处的这一只乌鸦瞬间把他从日内瓦带到了爱伦坡的诗里。

蓝鸟和大红猩猩毡

A

《蓝鸟（*Pájaro azul*）》是尼加拉瓜诗人鲁文·达里奥（Rubén Darío）写的一个故事，讲的是巴黎，青春，梦想，及其破灭。年轻人里最有天分的一个叫迦尔忻（Garcín），“蓝鸟”是他的绰号。因为他相信自己脑袋里有只蓝色鸟。忧郁，喝苦艾酒，肺病，写诗。他常去田野，带回紫罗兰花束和写满诗的本子（紫罗兰给邻居妮妮，妮妮的眼睛是蓝色；诗念给朋友们）。花中风铃草，石中蓝宝石。广袤中最广袤的是天空，爱情，是妮妮的眼睛。朋友们认定“蓝鸟”

是天才。但“蓝鸟”自己越来越忧郁，因为被囚在脑袋里的蓝鸟不得自由。商人父亲来信：不烧了那些胡话本子，就别想再从我这儿拿到一个苏。“蓝鸟”把信撕了。他开始写一首叫《蓝鸟》的诗。一天晚上他来了，悲伤地笑着。春天来了，妮妮走了。他不去田野了。诗有了最后一章。诗人逐个和朋友们拥抱，大家都说浪子回头，再见缪斯，子承父业卖布去，走了走了不用胡闹了完了事了。第二天，他用一颗子弹打碎自己的头，一地血花白。“我在春天里为可怜的蓝鸟打开了笼门”。

《蓝鸟》后来被收在著名的叫作《蓝……》的集子里：“蓝色是幻梦的颜色，是艺术的颜色，是海伦与荷马的颜色，是大洋与天穹的颜色……”鲁文·达里奥 1886 年写这个故事的时候十九岁，还从未去过巴黎。被称作“诗中圣者”以及“拉美现代主义之父”更是后来的事。1916 年死于酗酒造成的肝硬变。

常有人嫌达里奥的《蓝》浮丽矫情。我倒是记得《蓝鸟》里的一句话——当妮妮死在春天，诗人不再去原野。他说：我为原野省下了紫罗兰（Ahorro de violetas para la campiña）。

B

诗人的商人父亲在《蓝鸟》里只有寥寥几笔漫画式的描写，俨然俗世铜臭的化身，理想之蓝的对立面。《蓝鸟》里当然没有交待诗人自杀后他父亲的反应，那样的话就不是鲁文·达里奥的《蓝鸟》了。许多年后重读这故事忽发奇想：文学史不妨辟出一章，专门考察古今诗人的父亲对儿子创作的影响以及在作品中的辐射。只要别太过纠缠俄狄浦斯，想来会是有意思的角度。从哥伦比亚的加西亚·马尔克斯到西班牙的加西亚·洛尔迦，都一度遵从父母的愿望在大学主修法律——后来的事大家都知道了。粗粗浏览二十世纪西班牙诗人的履历，在大学期间由法律转向文学的不在少数。或许在修辞术的两副面孔间转换并没有通常想象得那样不可逾越。偶尔也有像安赫尔·冈萨雷斯那样取得学位，但似乎也并未以律师行业。文学史上很少提及诗人父母对孩子自我选择的感受，是否开始难以接受而后改变看法，或是终生耿耿不肯原谅，或是引以为傲却羞于表露……不是所有理想与亲情的纠缠和张力之歌都能归于最后复合的和弦，也会有遗憾，愧疚，不甘或不舍。重读《蓝鸟》思绪旁出，眼前竟恍惚浮现一个貌似不相干的画面：雪地微光中，披着一领大红猩猩毡的斗篷，光着脚，赤着头的那人，倒身下拜：儿子一辈子的不好，也都遮过去了。

为玛丽莲·梦露祈祷的游击队员

| 1 |

主啊

请接纳这个姑娘 举世皆知她名叫玛丽莲·梦露

尽管那不是她的真名

（但你知道她的真名，这个九岁被强暴的孤儿

十六岁想自杀的小售货员）

如今来到你面前没有化妆

没带新闻发言人

没带摄影师没签售自传

孤单一个好像面对太空暗夜的宇航员。

她小时候曾梦见赤裸着身子在教堂里

（据《时代周刊》报道）

人群在她面前下拜，脑袋贴地

她必须踮着脚尖才能不踩到那些脑袋。

你比心理医生更明白我们的梦。

教堂，房屋，洞穴，都象征母体怀抱的安全

但也有更多的意义……

那些脑袋是崇拜者，毫无疑问

（黑暗中一片脑袋在光柱下。）

但那殿堂不是二十世纪福克斯的片场。

那殿堂——黄金与大理石——是她身体的殿

人子手持鞭子

在那里驱赶二十世纪福克斯的商贩

他们把你祷告的殿变成了强盗的窝。

主啊

在这个被罪行和辐射污染的世界

你不会只责怪一个小售货员。

……

写这首《为玛丽莲 · 梦露祈祷》（*Oración por Marilyn Monroe*）的是尼加拉瓜诗人埃尔内斯托 · 卡德纳尔（Ernesto Cardenal），生于1925年，比梦露大一岁。前年在西班牙格拉纳达诗歌节上我有幸一睹真颜，老人家年过八旬仍意气风发，深色贝雷帽下的灿然银发是他纹章式的标志，完全符合大众心目中诗人的理想造像。但要介绍他仅仅诗人的标签还不够，至少还需要以下修饰词：隐修士，神甫，游击队员，反政府武装发言人，文化部长和雕刻家……

据危地马拉作家奥古斯都 · 蒙特罗索回忆，四十年代在墨西哥国立自治大学文哲系读书时，卡德纳尔还是个纯粹的文学青年。当同窗学友都为工会运动和革命壮怀激烈时，他一心只想写出几首大诗。“他相信缪斯女神，他真的相信并因我们不相信而大为恼火。”或许出乎诗人的意料，他的缪斯感召他走向新的战场，走向新的爱与憎。卡德纳尔在自己的诗里如此自承：

他们说你已移情别恋

于是我回到自己的房间
写了那篇反政府文章
从此被捕成为囚犯。

1954 年诗人卡德纳尔参加反对索摩查独裁统治的武装斗争，写下政治长诗《子夜零时》（*Hora cero*）。那一年梦露拍了《大江东去》（*River of No Return*）和《娱乐世界》（*There's No Business Like Show Business*）。

1957 年诗人卡德纳尔进入美国肯塔基州的客西马尼圣母修道院（Monasterio de Our Lady of Gethsemane），而他的灵修导师正是二十世纪最著名的神秘主义者之一、美国作家托马斯·默顿（Thomas Merton）。那一年梦露拍了《游龙戏凤》（*The Prince and the Showgirl*）。

后由于健康原因卡德纳尔离开客西马尼圣母修道院，在墨西哥、哥伦比亚的修道院中继续学习，并被授圣职。1966 年卡德纳尔神甫在索伦蒂纳梅群岛建立隐修公社，严格按照圣经福音书的精神实践共同劳动的集体生活，开办手工艺作坊，在农民中开展诗歌运动。1977 年索伦蒂纳梅的部分农民加入游击队参与攻打卡洛斯军营的行动，索摩查政府随即取缔了公社，并对卡德纳尔进行缺席审判。诗人流亡海外，同时成为反政府武装桑地诺民族解放阵线（F.S.L.N.）发言人，他的名言是："上帝也爱在尼加拉瓜的一个独裁者，但不爱尼加拉瓜的独裁者"。1979 年独裁政权被推翻，尼加拉瓜新政府成立。他被任命为政府文化部长，曾出访欧亚拉美诸国。

20 世纪 80 年代以来，卡德纳尔的创作激情丝毫未减，延续着政治与神秘这两大主题，不断引发新的争论。有人质疑他政治上的"极端"，他说那是一种神秘主义经验："我通过福音参加革命，不是因为读了马克思，而是因为读了基督的话。"其间有多部作品问世：《摩天》（*Tocar el cielo,* 1981）、《凯旋的飞翔》（*Vuelos de victoria,* 1984）、《金飞碟》（*Los ovnis de oro,* 1988）等。其中，《羽蛇神》（*Quetzalcóatl,* 1988）力图重新激活前哥伦布文明的古老神话，赋予其现实意义；《宇宙颂歌》（*Cántico cósmico,* 1989）是长达四百页的鸿篇巨制，不仅从现代量子物理学、"宇宙大爆炸"假说中汲取灵感，内容更涉及生命演化论、尼加拉瓜史、基督教福音书等，包罗万象，匠心独运，已被译成英、德、葡等多种文字。《黑暗之夜里的望远镜》（*Telescopio en la noche oscura,* 1993）回溯以埃克哈特大师（Eckhart）、圣十字若望（San Juan de la Cruz）等人为代表的神秘主义源流，为现代神秘主义诗歌探索新的可能。此外卡德纳尔还著有回忆录三部：《失丧的生命》（*Vida perdida,* 1999）、《奇异的岛屿》（*Las ínsulas extrañas,* 2002）和《失丧的革命》（*La revolución perdida,* 2003）。

| 2 |

在 2010 年的诗歌节朗诵会上，八十七岁的卡德纳尔只想做一个诗人。尽管主持人费尽心机，总想把话题往政治与革命上引，老诗人显出孩子般的执拗，被逼得急了便半开玩笑地说："我还想回家呢——再多说他们该不让我回国了！"他只想读诗，朗读自己想读的诗。那些几乎都是情诗：

> 克劳迪娅，跟我一起的时候要当心，
>
> 因为克劳迪娅最细微的表情，随便一句话，一声叹息，
>
> 最小的疏漏，

或许有一天会被学者们仔细研究，
克劳迪娅的这支舞将被世世代代铭记。
克劳迪娅，别说我没提醒过你。

朗诵会现场观众笑声不断。我记得那一天他也读了这首为梦露所作的长诗：

……
所有的小售货员都有过电影明星梦。
而她的梦想成真（不过那是彩色印片法的真）。
她只是表演我们给她的剧本。
——我们自身生活的剧本——是个荒唐的本子。
主啊求你宽恕她也宽恕我们
为了我们的二十世纪福克斯
为了我们人人有份的超级大片。
当她渴望爱我们给她镇静剂。
当她为无法圣洁而悲伤我们提供精神分析
……

| 3 |

五十年前的那一个夏夜，梦露被发现死在床上，据说手里仍拿着电话听筒。而侦探们费尽心思，仍无法确定这最后的电话她究竟打了没有，到底要打给谁。到了长诗的最后，诗人卡德纳尔仿佛旧约时代的先知附体，蓦然间大声呼求：

主啊：
无论当时她要打给谁
却没打（或许谁也不是
或许那人的电话根本不在洛杉矶的号码簿上）
求你
接她的电话！

这是一位相信缪斯的游击队员所相信的上帝：他“驱赶二十世纪福克斯的商贩”一如当年人子耶稣在耶路撒冷洁净圣殿，他也垂顾尘世孤独艳星无人接听的电话。诗人坚信上帝本是创造爱欲之主宰和泉源——当年自己正是为了追求超出感官之外的神圣爱欲，才甘心披上修士袍——也相信他所爱的那一位，终将“擦去他们一切的眼泪”。

对一般的作家我们只能要求签名，但据说在诗人卡德纳尔面前总有人要求祝福，因为大家知道他是位神甫，还会请求吻他的手。“他会笑笑但不会答应，但他会用一种目光看着你，仿佛在为自己所拥有的宽恕人的天资而乞求宽恕……”蒙特罗索承认，自己想到这里不由多愁善感起来，回想起学生时代在墨西哥城的小酒馆里，“我们喝啤酒直喝到恶心（这不是比喻）我们和奇怪的女人跳舞只需一个比索再付一点还可以干别的，而我们的诗人也在，在那里记录生活……”毕竟宽恕不是诗人的工作。他记录生活，有时也大声祈祷：

要用布鲁斯和爵士赞美他
用管弦乐团赞美他
用黑人的灵歌赞美他
用贝多芬第五交响曲赞美他
用吉他和马林巴琴赞美他

要用唱机赞美他

用磁带赞美他

凡有气息的都要赞美主

所有活细胞都要赞美他。

波拉尼奥式 RPG

“如果莎士比亚写游戏脚本，那么他写出来的一定是这样的游戏……”——引用当年游戏评论家褒奖《异域镇魂曲》（*Planescape: Torment*）的话，倒不是为了追缅那部黑岛工作室的神作，而是因为我忽然发现可以把这个思路应用于波拉尼奥——如果允许我把这位智利作家的小说比作 RPG 的话。

所谓 RPG 是角色扮演类游戏（Role Playing Game）的简称，可以粗略分为两大潮流：“一本道”式的日系 RPG，比如《最终幻想》（*Final Fantasy*）系列，当然“一本道”或一条路走到底是极度夸张的说法，支线选择和任务也是有的，只不过一般不会影响主线叙事的明晰。另一类是沙盘式的欧美系 RPG，比如新近火爆登场的《上古卷轴 V: 天际》（*The Elder Scroll V: Syrim*），游戏主线只是个引子，玩家置身于一个遍布地下城和怪物的架空世界，面前是自由的成长选择，开放的冒险环境……总之，前者给你一个故事，后者给你一个世界。而波拉尼奥式 RPG 的情况是，貌似属于前者，其实是后者。

比如我今年看的第一本小说，罗伯托·波拉尼奥 1999 年问世的作品，《潘先生》（*Monsieur Pain*）。题目按《法语姓名译名手册》翻成潘先生应无误，不过在法语中 Pain 是“面包”的意思，又与英语中的“痛苦”一模一样。剧情梗概非常吸引人，至少非常吸引我：主角皮埃尔·潘曾是历经一战的老兵，催眠术师或梅斯梅尔主义者——为此我还专门找来达恩顿的《催眠术与法国启蒙运动的终结》补课：“1778 年 2 月，弗朗茨·安东·梅斯梅尔（Franz Anton Mesmer）来到巴黎，宣布自己发现了一种极细微的液体……”这种看不见的液体作为“自然之力”的媒介无所不在，大到天体间的吸引，小到生物躯体的运转，概莫能外。“他认为，人体类似于一块磁铁，人之所以得病，就是因为这种液体在人体的流动受到了‘阻碍’。人可以通过‘梅斯梅尔术’来控制和强化这种液体的流动……恢复人与自然的‘和谐’。”具体症象常是令人进入类似癫痫或梦游的状态，这便是所谓催眠术（mesmerism）一词的由来。然而小说的背景设定虽然也是巴黎，却是1938年的巴黎，催眠术风靡一时的黄金岁月已一去不返，病人家属出于死马当活马医的心态才找上潘先生，他出诊时又被医生们视为左道旁门遭到蔑视排斥。但真正吸引我的是那位南美病人的姓氏：巴列霍（Vallejo）。熟悉西语文学的读者都记得，秘鲁大诗人塞萨尔·巴列霍的确是在1938年的春天，实现了自己诗中的预言：“我将死在暴雨的巴黎……”

回到故事主线：刚刚接受出诊的委托，潘先生随即发现自己被两个南美人跟踪，次日清晨又收到神秘的约会邀请，在医院遭冷遇后，他鼓起勇气赴约，两个拉美人否认曾跟踪他同时又重金贿赂，请他忘掉关于“我们的朋友巴列霍”的一切，为了“共同的利益，您的利益和所有人的利益，为了和谐，为了平衡，为了诸天体的稳定……为了微笑”。

剧情继续推进：他仍按与巴列霍夫人的约定再赴医院，

却意外地被值班人员以粗暴的态度拒之门外。在医院门口喝着咖啡期待转机，不想又看见两个南美人中的一个。冒雨跟踪直追进一家破落的小电影院，情节触发：在南美人邻座的竟是自己多年前的老相识，那人专门从西班牙赶来重温这部已看过无数次的电影。看到“与放射性有关的”某机密研究所的桥段，银幕上赫然出现了两人共同的旧友，研究所神秘爆炸的唯一幸存者，而这位年轻的科学家已在多年前自杀身亡，据说与居里夫人的女儿有一段情事……南美人径先告辞，剩下老友重逢的两人却反目成仇——原因之一是主人公得知老友正在为法西斯工作，将催眠术应用于审讯间谍和战俘。

佯作与一群中学生谈论着法西斯的威胁，主人公终于混入医院，却发现自己迷失在迷宫里。梦魇般的一夜后他逃出医院，恢复正常生活。他所暗恋的，也是介绍他为巴列霍先生看病的那位女士前度消失后又出现：您还不知道么，巴列霍先生已经去世了，下葬了。阿拉贡还去讲了话。

——阿拉贡？

——对，巴列霍先生是个诗人。

——我真不知道，您从来没有跟我提起过。

——是的，他是诗人不假，虽然没什么名气，又一贫如洗。

——现在他就要变得有名气了。

最后一句出自那位女士的新男友之口，故事就以他的微笑结束。这就是通关后的结局，至于一路上那些重重迷雾，那些包孕玄机的细节，好像永恒暗夜中的迷宫被闪电瞬间照亮一隅而乍露峥嵘，旋又湮没在视力不能及的黑暗里。比如那个令我印象深刻的莫名支线，主人公为躲避追踪，随机游荡中走进一家通体绿色的“森林”酒馆，遭遇一对艺术家，金发的孪生兄弟。他们的作品是鱼缸中的灾难现场，具体而微、形制毕现的火车、飞机、船舶都葬身水下，遇难者的迷你尸骸散落其间，无一不是精心设置的结果，更有红色的鱼儿在上方无辜地游弋。他们想离开这里去纽约，但没有路费，又不愿按顾客的要求制作“海底墓园”之外的东西。年轻的艺术家与主人公的搭讪中称顾客为“可怜虫”，随后又嘟囔了一句话，潘先生只听清了其中一个词：anamnesis。我特意查了词典记下词义：“既往症（尤指对前世生活的记忆）”，感觉必有深意——虽然直到结局尚未悟出其中的秘密。

波拉尼奥式 RPG 令人无法释手，进程中不断累积的可疑元素都激励着破解的冲动，不眠不休冲到关底才发现并未真相大白，在那里迎接我们的永远只有部分的真相。这次在主线结束后还别具用心地附送“番外篇”，包括主人公在内书中人物的小传，大多以目击者见证人的声音档案形式出现。我们才得以知道，艺术家兄弟果然一个在巴黎沦陷前开枪自杀，另一个如愿到达大洋彼岸，终其余生从布宜诺斯艾利斯向北再向北，像被看不见的磁极吸引，1980 年死在温哥华。

至于主人公潘先生，面包先生，痛苦先生，以痛苦为面包的先生，这名字似乎注定了他的悲惨命运，也暗含着对他职业的反讽。失去伤残抚恤金之后，他被迫和一位有着中国名字的犹太神秘学大师、一个孤儿搭伙混迹于夜总会和马戏团，为人算命、看手相及提供其他一切娱人的魔法服务，同时暗中为抵抗组织传递情报。大师因犹太裔身份泄露被捕，死于集中营，剩下两人与抵抗组织失去联络，继续操旧业糊口，直到战后 1949 年潘先生旧疾复发，死在这位伙伴的怀里——就是当年的孤儿，此时的见证者和叙述者。我们不得不承认这真是一个很难让人有代入感的角色，但却不难将他视作游戏制作人罗伯托·波拉尼奥的化身，因为小说正是当今世代孑遗的“梅斯梅尔术”，小说家即是具备通灵致幻手段的催眠术士。

然而秘鲁作家费尔南多·岩崎却相信，在八十年代初写出这部小说时波拉尼奥或许曾把潘先生当作另一个自我，但到了1999年小说出版的时候，他会在垂危的诗人巴列霍身上寄托更多的自我投射。如果不是《荒野侦探》的“意外”成功，他很可能像自己预感的那样，贫病交加、无声无息地死去，一如秘鲁诗人在1938年春天的遭遇。巴列霍，波拉尼奥游戏中来头最大的NPC（Non-Player-Control或Non-Player-Character，非玩家控制角色），从头到尾只正面出现了一次，没有一句台词，这位二十世纪拉丁美洲最伟大的诗人（在后世很多读者心中，没有“之一”）在他临危的榻上，只做一件事：不停地打嗝。医生都束手无策，才引出催眠术士的登场，而且初见成效，打嗝一度停止，诗人得以暂时安睡，但却没有脱逃死亡的宿命结局。这个细节应是波拉尼奥的杜撰，不过这种独特的诗人失语设计让人想起《2666》里阿琴波尔迪的疑问：“但也许所有这一切意味着别的什么。也许、也许、也许……”绕开过度阐释的风险，至少我们可以尝试下一回将 NPC 视作隐藏的主角，重启阅读的游戏。这游戏迷人又骇人，在梦魇的沙盘上，波拉尼奥的留白化作包罗万象的幽暗渊薮，众多惊鸿一现的细节都仿佛暂时休眠的不死生物，期待着被唤醒后无限增殖，经读者探险的脚步一一触发，不断生成新的迷宫和地下城，新的怪兽和宝藏。

波拉尼奥之旅：1976到《2666》

据说在1976年的墨西哥城做一个诗人，必须在两大对立阵营中选择其一：一派以诗人埃弗拉因·韦尔塔为精神领袖，另一派是围绕在帕斯（Octavio Paz）主编的杂志《复数》周边的诗人群体。韦尔塔和帕斯都生于1914年，与半神级的小说家胡安·鲁尔福是同一代人，有着同样的文学偶像，比如智利诗人文森特·维多夫罗（Vicente Huidobro），他们之间的巨大分歧或许更多出于文学之外的原因，比如对斯大林和古巴革命的态度。但根据亲历者诗人卡门·布略萨的描述，两大阵营的成员似乎并不像表面那样水火不相容：

“年轻的埃弗拉因派诗人上街走路或坐公车，蔑视旧传统，参加创作班，朗诵，在书店里潜心读书及偷书，背背包，留长发，穿平底皮凉鞋，到处发表作品，整天泡在市中心的咖啡馆（特别是“哈瓦那”咖啡馆）和糟糕的小酒吧。而年轻的帕斯派诗人就在埃弗拉因派咖啡馆附近的咖啡馆里彼此猛烈攻击对方的诗歌，在书店里买书或者偷书，背背包，留长发，几乎都穿皮凉鞋，上街走路或坐公车或开自己的车，在帕斯派杂志或增刊上发表作品。”

从埃弗拉因派中又分出一个在外人眼中更激进好斗的小团体，“下现实主义者”（这里把 infrarrealismo 译作“下现实主义”是为了与超现实主义对称），墨西哥版本的达达主义者，一切首发、揭幕、朗诵会及其他文艺集会上的混世魔王。这一名称来自罗伯托·波拉尼奥起草的同名宣言，他曾夸张地痛斥帕斯“为国际法西斯效劳的罪行，把劣质的词语堆积可笑地命名为诗歌，一意孤行地向拉美知识界挑衅，以及他乏味至极的所谓文学杂志、令人作呕的什么《复数》”。在一次公众活动中，诗人帕斯衣着光鲜，风度翩翩地登场，突然一个下现实主义者把整整一杯酒泼在他身上。而帕斯，这位不久之后的诺贝尔文学奖得主，只是抖了下领带上的水珠，依然谈笑自若，仿佛什么都没有发生。

那时的墨西哥城在亲历者的描述和追忆中令人无比神往。你有机会与帕斯交谈，或者和韦尔塔辩论，还可能在咖啡馆里遇见加西亚·马尔克斯和阿尔瓦罗·穆蒂斯。日后文学史上光芒万丈的星辰，在彼时彼处都触手可及。不过波拉尼奥选择离开。1977 年，他用两篇文章的稿费买了机票，离开他在其中已经声名鹊起的世界，就像他在《下现实主义第一宣言》中用大写字母写就的结束语：

再一次，丢下一切
奔向条条道路

因为要“活在文学之外”。他在访谈里是这样说的：“我在墨西哥的生活与文学紧密相连。我生活在作家之间，我的世界里不是作家就是艺术家。到了巴塞罗那我开始在一个没有作家的世界里活动。我有作家朋友，但慢慢地也开始有其他的朋友……感觉好极了。”波拉尼奥来到另一片大陆另一个城市，做过洗碗工、服务员、守夜人、卸货工、清洁工……他还以“头皮猎手”自诩，四处参加文学竞赛，劫掠各种中小型文学奖项，偶有斩获就能在一段时间内极大改善个人生活水平。

波拉尼奥曾经把文学本身比作旅行，它跟尤利西斯之旅一样，都是没有归路的旅行。他又把文学比作决斗，武士的决斗，只不过对手不是另一位武士，而是妖魔，因而是必败的决斗。他的《荒野侦探》里有一段决斗的情节，小说家阿尔杜罗·巴拉诺（Artulo Belano）——这位主人公从姓名上就能看出是波拉尼奥（Bolaño）本人的分光化影——向某著名文学评论家挑战，决斗地点选在巴塞罗那的海滩。熟悉西语文学的读者都知道在巴塞罗那的海滩上曾发生什么："愁容骑士"堂吉诃德在那里的一场决斗中败于白月骑士。文学史上最伟大的游侠骑士如此宣告自己的失败："杜尔西内娅·台尔·托波索是天下第一美人，我是世上最倒霉的骑士；我不能因为自己无能而抹杀了真理。"在文学评论家布林克看来，堂吉诃德在认输的同时仍坚持心上人的美貌无双，意味着他终于将杜尔西内娅从自己的信念和想象中释放，赋予她独立的存在。当波拉尼奥把文学比作必败的决斗，我们在这位智利小说家身上看到"拉曼却奇情异想的绅士"之衣钵传人：波拉尼奥的小说就是他的杜尔西内娅。巴塞罗那也是他旅途的终点，他骑士 / 武士生涯告终的地方。

多年以后的某次访谈中记者问他来世最想变成什么，

他首先选择了蜂鸟："那是世界上最小的鸟，最轻的种类只有两克。"他没有继续解释，但我们知道蜂鸟也是唯一能靠翅膀的高速振动在空中停留的鸟：以极速运动达到瞬间静止。在拉美古文明的各种传说中，是蜂鸟引导托尔特克人走过朝向图拉圣城的漫长朝圣路，是蜂鸟为阿兹特克人带去太阳的光热，也是蜂鸟用纤长的喙衔起盛放灵魂的花朵杯盏，将瓜拉尼人夭折的婴儿送往"无玷乐土"。

2003 年 7 月 2 日，卡门因迟迟没有收到波拉尼奥的回信又写信抱怨，第二天收到波拉尼奥妻子的回复："亲爱的卡门：波拉尼奥托我写信告诉您他已住院……他很快就要去键盘的另一边了。卡洛琳娜"。十余天后，《2666》的作者"再一次丢下一切"上路，去了他的 2666，或"键盘的另一边"。他有两句诗很适合印在《2666》的扉页，可以成为神秘作家阿琴波尔迪对研究自己作品的学者们的留言，也可以当作波拉尼奥向我们这些出于各种动机翻开《2666》的人所传递的信息：

La aventura no termina jamás（冒险永不结束）

Y tus ojos me buscan.（你的双眼寻找我）

量词研究三则（或爱情及其他魔鬼）

说到眼睛的时候，只能说一双眼睛或一只眼睛对不对？

对。但我也读到过别的，量词。

还能是什么？

两个故事和一首诗。

□ □ □

利娜十六岁。（我不知道这个故事怎样讲下去合适。）她的男友爱她爱得发狂。只是他的憎恨并不比爱意少。他憎恨她的眼睛。（或者应该说，怕她的眼睛。）利娜的肤色黝黑，头发，眉毛，睫毛都是黑色的。但他永远说不清那双眼睛是什么颜色。好像刚从冰冷的浴池爬出来，好像用手指肚滑过刀刃，好像丝绸暗中撕扯的声音，好像向一座深渊探身。（迷失在比喻里了。）这就是利娜的眼睛给他的感觉。求婚的那一天，他终于无法忍耐，坦白了自己痛苦的原因。利娜沉默了，病了。医生不允许探视，直到二十天后，婚期近了。他走进未婚妻的房间，房间里满是亲朋好友送来的礼物。他送的礼物也在那里。利娜送他的礼物是一只套着猩红色平绒的小玻璃匣。“拿到光亮的地方去看吧，那是值得细细观赏的宝石。”说话时，利娜拉开窗帘，光透进来，映在她黑色的玻璃眼睛上。“这是我的结婚礼物！”在红色玻璃匣里，利娜的眼睛依然用奇异的目光打量着他苍白的面孔。

匣子的匣。

□ □ □

不知名的边城小镇。不知名的旅人在酷热中醒来，出门夜游。

旅人感到有阴影渐渐挨近，不能停步，不能回头。有尖而硬的物体抵在腰间，柔而轻的声音在耳畔。

请别动，先生。

你要怎样？

您的眼睛，先生。

要我的眼睛做什么？我这里还有些钱，不多，都拿去好了。你要什么给你，别杀我。

别害怕，先生。我不杀您。只要您的眼睛。

你为什么要我的眼睛？

是我女朋友想要。她心血来潮，想要一小束蓝眼睛。我们这边蓝眼睛的不多。

我的眼睛不是蓝的。

呵，先生，别想骗我。我知道您眼睛是蓝的。

你不能这样，你要什么我都给你。

请转过身来。点个火儿。

你看，真不是蓝的。

别闭眼，先生。

看来真的不是蓝的。先生，抱歉。

这旅人发现自己又是一个人了。刚刚还在刀刃上闪耀的月光，只铺洒在空地上。

花束的束。

□ □ □

我告诉她：

你的眼睛让我兴奋。

她说：

你喜欢涂睫毛膏的还是不涂？

我喜欢大的。

我毫不犹豫地回答。

她也毫不犹豫

把眼睛给我留在盘子里，摸索着走了。

盘子的盘。

源自：

Clemente Palma，“Los ojos de Lina”

Octavio Paz，“Ramo azul”

Ángel González，“Eso era amor”

SIT TIBI TERRA LEVIS

“贾科梅蒂告诉我，有一次，他想出一个主意，要做一个塑像，然后把它埋起来。（我们立刻想：土对它来说多么轻啊。）并不是为了让我们去发现它，或很久以后，他本人甚至对他名字的记忆都消失后，再去发现它。

把它埋起来，是不是要把它展现给死去的人？”[1]

1. 巴黎，蒙特帕斯公墓。波伏瓦，萨特，波德莱尔，贝克特，很多闪亮的名字都安眠于此。我为科塔萨尔而

1　让·热内：《贾科梅蒂的画室》，程小牧译，吉林出版集团 2012 年版，第 56 页。

来。在入口处的指示牌前研究了一阵，但还是在形制各异的墓石间迷了路。先遇上秘鲁诗人塞萨尔·巴列霍（César Vallejo）。在这位被誉为二十世纪拉丁美洲最伟大诗人的墓石上，有小石子拼出的心形，一支开始枯萎的玫瑰，还有三个小小的透明罐子，里面是各种交通工具的票根和一句留言："从圣马科斯到巴黎，终于找到了你。"罐子里另一张小纸片写道："星期四，但没有暴雨"。据说秘鲁的小朋友都在课本里念过巴列霍的这首诗：

我将要死在暴雨的巴黎
对那一天我已拥有记忆。
我将死在巴黎——我不逃避
也许在星期四，就像今天，在秋季。

2. 巴黎，蒙特帕斯公墓。终于找到了科塔萨尔。白色墓石上半部有他妻子卡萝的名字：Carol Dunlop (1946 – 1982)。下半部写着：Julio Cortázar（1914 – 1984）。墓石近顶端处有造型奇特的小雕塑，若干淡绿色小圆盘组合起来像气泡或烟雾斜斜上升，最前面的小圆盘上是个更小的白色圆脸，似笑非笑。那大约就是他心爱的克罗诺皮奥的造像。离开没走几步，无意间发现阿根廷诗人扫罗·尤尔克维奇（Saúl Yurkievich）的墓。我读过他关于科塔萨尔的书，没想到就在几年前他也葬在这里。科塔萨尔有这样的邻居也不会寂寞了。墓石用暖红色的字母镌刻着几句诗人自己的诗：

有一微声
甜美
呼唤我
……扫罗……扫罗……

据圣经记载，原名扫罗的使徒保罗当年在大马士革路上，“忽然天上发光，听见有声音对他说：扫罗，扫罗，你为什么逼迫我？他说：主啊，你是谁？主说：我就是你所逼迫的耶稣”。自此以后，一心逼迫基督徒的扫罗变成了著名的“外邦人的使徒”圣保罗。而这里神秘的呼唤者该是诗人的小小缪斯，呼唤他“到那里与我同在”。

3. 西班牙，塞维利亚，唐璜与卡门之城。我在西班牙广场对面的玛利亚·路易莎公园里找到了贝克尔（G. A. Bécquer）的纪念碑。但没找到他的墓，据说在塞维利亚先贤祠。路易斯·塞尔努达（Luis Cernuda）的《奥克诺斯》中有一篇叫“诗人”，提到贝克尔的墓在大学的礼拜堂里。塞尔努达年少时常常走进礼拜堂，在某个角落里呆上很久，看着那个一手捧书，一手竖指在口边示意噤声的天使像出神。他知道贝克尔不在那里，在下面，礼拜堂的地下室里。但他仍待在那里，倾听石头嘴唇间无声的讯息。室外庭院里少男少女的欢声隐隐传来。外面是阳光灿烂的庭院，“里面全是漠然和遗忘。”诗人希梅内斯说：在塞维利亚有一团雾，最明亮的阳光也驱散不了它。就好像恍惚的眼睛对面看见的星星。那是贝克尔。是贝克尔么？是贝克尔！

4. 墨西哥，墨西哥城。那年我按传记里的记载，跑去科约阿坎区，女画家弗里达的故居也在那一片，现在成了著名的旅游景点。找到了“三十字巷”（Tres Cruces），但不知道哪一处是流亡诗人塞尔努达去世的地方。路上一个人也没有，左右深宅无声，风一吹，只见满眼烈烈的三角梅。

终于我喘不过气来，朋友；

现在我睡了，永远不醒。

再没有自己的消息是有点悲伤；

给我把吉他止住眼泪。

（塞尔努达《让我留着这声音》）

5. 智利，卡塔赫纳。在圣地亚哥的工作结束，还剩下宝贵的一天空闲。我决定去文森特·维多夫罗的故乡。前一天是我生日，被问起年纪我一律用维多夫罗长诗 *Altazor* 开篇的话回答：我生于三十三岁那年。天阴着，这里不比黑岛，少有游客。且走且问路，一位老爷爷回家，顺路带了我一段。又独自走了阵山路，登上山丘。就是这里了。墓前有不大的一片花圃，视野开阔，遥遥望见大海。罗伯托·波拉尼奥曾回忆，一次在诗人尼卡诺尔·帕拉家的露台上，帕拉曾指给他，看到那个小黑点了么，那是维多夫罗的墓。哪个小黑点？那个。波拉尼奥还是没看清，但他记得帕拉当时的神情。平铺在地的墓石上是维多夫罗自拟的词句："开此坟茔，尽头见海。"我拍了照，和墓园园丁告别。他说他每天都会来一趟，浇花。我走出很远，回头看见园丁也成了一个小黑点，好像还在跟我挥手。下山为了抄近路走上山间小径，结果被一头奶牛拦在路中。好心的大嫂带着儿子经过，我们便一同绕路。大嫂邀我共进午饭，我好容易婉谢，还是答应去家里喝杯咖啡，尝尝自家的炸南瓜饼。我帮她拎着挖来种花的大袋泥土上山下坡，终于到了清寒但温馨的小家。她说丈夫在首都挣钱，四岁的小朋友叫马里亚诺。大嫂要我说中文给小马里亚诺听。羞涩的小男孩慢慢找到了勇气，戴上他心爱的蜘蛛侠面具来吓人。大嫂说这孩子喜欢马。雨大了起来，颇费了番力气婉拒了大嫂送我避雨的棒球帽，冒雨上路。下山找到小巴车站，湿淋淋地奔向目的地黑岛。

6. 智利，黑岛。聂鲁达的黑岛。来之前专门买了本《漫歌》带来这里“开光”。“《漫歌》是一种不合潮流的怪物”，科塔萨尔曾当面对聂鲁达说过，而“他的回答是用搁浅鲨鱼的目光看了看我”。故居里满是各种大大小小稀奇古怪的收藏。从蝴蝶到独角鲸的牙。书房有波德莱尔像在桌上。记得那天海风很大，没在聂鲁达夫妇的墓前多待。回到故居门口。院子里有个红黑两色的火车头，聂鲁达说看见火车头会让他想起惠特曼。走之前看了会儿黑岛的猫。（想知道它怎么看那个著名的黑铁鱼形风向标。）

7. 里斯本，圣哲罗姆修院。只逗留了几天，不过对这城市印象很好。给人某种帝国残阳的感觉。哈罗德·布鲁姆说，只有葡萄牙，帝国的孑遗，才能产生佩索阿（Fernando Pessoa）。这话我更愿意按佩索阿所谓“诗人的帝国主义”去理解。诗人没有传记，这是墨西哥诗人帕斯论佩索阿那篇名文的第一句话：他的诗就是他的传记。不过诗人有坟墓，我也未能免俗，热切地赶去合影，然后才来得及意识到一个不成问题的问题。佩索阿的意思本是“人格”或“假面”，也是他所创造的众多“异名者”，阿尔瓦罗·德·冈波斯、里卡多·雷耶斯、阿尔伯特·卡埃罗……的集合。敢问这里埋葬的是哪一位“Pessoa”？古有衣冠冢，这佩索阿墓该算是假面冢吧。

8. 西班牙，格拉纳达，诗人的故乡。八月那一天诗人被枪击后抛下悬崖。加西亚·洛尔迦没有墓地。马查多（Antonio Machado）在哀歌中请求，要用阿尔罕布拉宫的石头与梦，在呜咽的泉水之上为诗人建一座墓，永远向观者诉说：“罪行发生在格拉纳达，在他的格拉纳达！”马查多在哀歌中看见，诗人与死神漫步，仿佛在陪伴一位吉普赛姑娘。他侃侃而谈，她留心倾听：

因为昨天我的诗句里，好伙伴
响起你干涩的掌击，
你加添寒冰在我的歌里，
又把白银镰刀的刃给了我的悲剧。
所以我要歌唱你所没有的肉体，
颂扬你所失丧的眼睛……
我的死神，和你独处真美好，
在这格拉纳达的风里，我的格拉纳达！

9. 西班牙，格拉纳达。达雾罗河畔，不起眼的小博物馆的庭院里，兀自立着些罗马时代的残碑。有句墓志铭至今难忘：*SIT TIBI TERRA LEVIS.* 直译过来就是：愿泥土于你为轻盈。愿你身覆之土轻盈。人在墓前，太多说不出的痛惜不舍，也都在这样一句话里了。

猫诗话

● 世上好诗无非猫诗。不是写猫的诗，就是猫一般的诗。

● 猫诗有豪放派。史蒂文斯一言以蔽之：“巨猫必须强势地站在阳光里。”

“火焰似的烧红，/ 在深夜的莽丛”（徐志摩译），是布莱克的大猫。“强韧的脚步迈着柔软的步容，/ 步容在这极小的圈中旋转，/ 仿佛力之舞围绕着一个中心，/ 在中心一个伟大的意志昏眩”（冯至译），是里尔克的大猫。

● 猫诗有婉约派。吾友清心阁主人亦猫奴中人，为我搜罗日文猫诗并提供汉译，奇文共赏。小林一茶的猫俳句，清新可喜：

蒲公英（たんぽぽ）の天窓（あたま）はりつつ猫の恋

头顶蒲公英，猫之恋

鼻先に飯粒つけて猫の恋

鼻尖沾饭粒，猫之恋

猫の子が　手でおとす也（なり）　耳の雪

小猫仔，抬爪扫落，耳上雪

● 悼亡猫诗，无过于夏目漱石为《吾辈是猫》原型猫题写的墓志铭：

この下に稲妻起こる宵あらん

这里无夜间闪电

● 猫诗另有格物致知一派。有日本古歌谣说：

六つ丸く　五七卯に　四つ八つは　柿の核なり　九つは針

六圆，五七卯，四八柿核，九成针

大意是说：猫的瞳孔早晨六点是圆的，上午八点和下午四点是鸡蛋形的，上午十点和下午两点如柿子核，正午则细如针。此说应源自苏轼《物类相感志》："猫儿眼知时，有歌云：子午线，卯酉圆，寅申巳亥银杏样，辰戌丑未侧如钱。"另见清王初桐《猫乘》："《易经存疑》：猫儿眼中黑睛，一日随十二时改变。其歌曰：子午线兮卯酉圆，寅申巳亥如枣核，辰戌丑未杏仁全。消息之理最明白，此见造化之妙处。"

● 猫诗有玄学派。《老虎的金黄》让全世界都知道博尔赫斯是大猫爱好者。上帝造猫为了满足我们抚摸老虎的欲望，波德莱尔的这句话一定让阿根廷的盲诗人心有戚戚。以抚摸猫背来抚摸历史，辨识永恒的斑纹（或交叉分岔小径）无须眼睛。

比恒河或者日落还要遥远。

你的脊背容忍了我的手

慢条斯里的抚摸。

你，自从早已遗忘的永恒，

已经允许人们犹疑的手抚爱。

你在另一个时代。

你是像梦一般隔绝区域的主宰。

● 阳光，茉莉花香，黄绢衣服，Fleurs du Mal（恶之华），然后就是嫩手的抚摸了……

——芥川龙之介这一篇《波斯猫》算什么派好呢？

● 拉蒙·戈麦斯·德拉·塞尔纳说：猫认为月亮是一碟牛奶。他似乎太过低估猫的想象力了。猫在想什么，这一千古难题才配得上半人半猫的斯芬克斯的终极提问。古巴女诗人杜尔采·玛利亚·洛伊纳茨（Dulce María Loynaz）的小诗让我们坚信，主人公是猫版的玛丽·雪莱，而我们都是它的弗兰肯斯坦：

这只黑猫盯着

我火红的小心脏

在它的玻璃鱼缸里……

- 猫诗有风雅颂。西班牙诗人翁布拉尔（Francisco Umbral）赞美一切猫，因为他们有“中华智者的东方美”。

- 聂鲁达的《猫颂》是必须引用的：

动物都

不完美

……

猫

只有猫

一出现就完全

且高傲：

从诞生就毫无瑕疵

独来独往并知道自己要什么。

人想成为鱼和鸟，

蛇想长翅膀，

狗是迷失的狮子，

工程师想当诗人，

苍蝇学习要成为燕子，

诗人努力模仿苍蝇，

但猫

只想作猫……

● 赞颂一只猫是对诗人的终极试炼。词语魔术师聂鲁达毫不吝惜各色比喻修辞，除了“具备船身的线条”这样对他来说最高级的赞誉外，仍嫌不足：

噢无疆土的

小小帝王，

无祖国的征服者。

迷你的沙龙之虎，新婚的

苏丹来自

以爱欲为瓦的天国

……

- 《猫颂》几乎不可避免地写成了一首宗教诗：

当你经过

将精巧的四足

落在地面，

嗅着，

质疑着

尘世的一切

因为一切

都是俗物

在纯洁无玷的猫足下。

- 论猫诗的教诲功能——可以兴，可以观。如斯神圣造物，引导我们学习谦卑的智慧：

人们自以为是猫的主人，所有者，同伴，学生或朋友……

我不。

我不能苟同。

我不了解猫。

我知晓一切，生命及其群岛……

但我无法破译一只猫。

● 好诗取神象外，无迹可寻。羚羊挂角，天马绝尘，不足以形容，应如：

雌猫晃动尾巴，

天鹅绒的雷达，

操控身后的黑夜。

（翁布拉尔）

● 诗贵含蓄。就像猫在被爱抚时一副无辜的样子，像翁布拉尔的猫，藏起利爪“好像女王藏起匕首。”

● 猫诗证史，猫实正史。诗人告诉我们，想要了解世界，最好的办法是把一只动物放出去一段时间。就像诺亚在方舟上放出鸽子，归来时带回了橄榄枝和可栖息之地的消息。于是翁布拉尔每天下午放他的猫出去，就像射出一支箭，射向确定而未知的目标。

“猫是唯一能返回的箭。它有箭的耳朵和箭的速度，但却不会留在靶心，而是带着全世界的文字回来，都写在它轻盈的背上，女沙皇的眸子里……没有任何动物，东西，书本，女人，旅行能概括人类的历史，像一只射向世界的猫那样。”

● 猫诗有有猫之境。有猫之境，以猫观物，故物皆著猫之色彩。如翁布拉尔的《雌猫和雪》：

我的猫在看雪
她看见的是一只大白猫。
她看见的是一只雪花猫。
她看见
雪温柔的抓挠，
大猫精巧的爪子。

一只冰冷的猫，

神秘的猫

从天空的平台而来，

来自没有老鼠的房顶，

雪柔软纯洁的脚印，

带着猫的尾巴，他的千条尾巴

和这双猫的眼睛

雪观看我们的生命。

新来的猫，巨大的猫，

手脚洁白轻巧，

美丽，会融化的猫

你吓着了我的猫，

或者让她感到无聊

就像纯洁最后总让人无聊。

● 猫诗有无猫之境。无猫之境，即物即猫，非我非猫，不知何者为我，何者为猫。西班牙诗人海梅·席勒斯（Jaime Siles）赋得《北京故宫》：

木为柱
远古漆红
仿佛时间之血
无尽旋转。

在一重重
漫长迟缓的屋檐下
只有一个囚徒，
被畏惧他的人
称之为皇帝。

我整整一生
就像这座宫殿：
其中唯一的禁地
正是我自己。

本诗完全可以献给紫禁城一品镇殿灵猫，人称武英殿小白的那位。（那天去宫里看画展时见到了好几只流浪猫，其中一只神情依稀相似。）

- 另有一种猫诗。比如这首《在海滩》：

在细沙上
我要盖座城堡。

等涨水的时候
送给海潮。

她会对我说：谢谢！
我就说：不客气！
她会在城堡里
留下一条鱼。

在细沙上
我要盖座城堡。

诗作者署名为迭戈·迪亚斯·耶罗（Diego Díaz Hierro）。但我们一看就知道，这分明是猫写的。

山上的狐狸和山下的狐狸

纪念阿格达斯（1911 – 1969）

| 1 |

《山上的狐狸和山下的狐狸》是秘鲁作家何塞·玛利亚·阿格达斯的小说。他是令我感到亲切的作家。这种亲切与博尔赫斯给人的感觉截然不同——我曾一厢情愿地认为自己十分理解这位失明的图书馆长，但那不是亲切，仿佛隔了一层光洁冰凉的玻璃，毫发毕现却又远隔重山。乌拉圭作家加莱亚诺说他在飞机上读《山上的狐狸和山下的狐狸》，从第一页起他就认定阿格达斯是他的朋友。我得说这也是我的感觉。尽管自己对他的了解少得可怜，但正是这种伴随着些许温暖的敬意，成为我坚持阅读这部充满了拉美方言的小说的动力。

这不是一部可以带来很大阅读愉悦的小说。

“一九六六年四月，两年多以前，我试图自杀。”我不知道还有没有其他小说这样开篇：简单，直接，毫不掩饰地谈论一种真实的死亡，写作者自己的死亡。

一九六九年十一月二十八日射向自己头颅的一颗子弹使这一切的文字都具有了不同的意义。

在阿格达斯这里，“写还是不写”与“活还是不活”是一个命题：

“Porque si yo no escribo, me pego un tiro.（因为如果我不写，我会给自己一枪）。”

这不是什么修辞手法。我称之为有关写作的“自我承诺”。一些问题无法终究回避：我为何写作？我的文字与我的生命，我的气息是什么样的关系？

在“最后的日记”里阿格达斯写道：

“我已经与死亡争斗，抑或我自以为已经与它争斗，面对面的争斗，写下这个断断续续、充满抱怨的故事。站在我这边的寥寥无几，且不可靠；站在她一边的已经取胜。它们很强大，并且被我自己的肉体所保护。这个不平衡的故事是一场不平等的争斗的写照。”

抄下这么一段话使我被文字麻木了的心隐隐地悸痛。我此刻想做的不是写什么评述，只恨不能倒转时空，握住他的手。任人笑我多愁善感罢。

| 2 |

小说由作者的日记、山上的狐狸和山下的狐狸互相讲述的故事组成。

渔船“参孙一号” 的船长乔卡多带着“哑巴”等十个渔民在海上航行，“黑猫”舞厅的小提琴手也在船上。乔卡多几乎比所有的船主资格都老，为什么如今他还开着破旧的小船，而那些晚辈日产量却是他的好几倍？小提琴手出于好意的一席话惹火了乔卡多。一番感慨之后，他平生第一次决定结婚成家。

港口的一家妓院里，美国人麦克维尔与女郎“奇娜”的舞蹈吸引了所有人的目光。乔卡多观看着这一切。水手“哑巴”突如其来的偷袭被麦克维尔躲过，“哑巴”的母亲冲来，夺走了儿子手中的匕首。乔卡多趁乱带走了“奇娜”。“黑拉尼娅”主动投向麦克维尔的怀抱，却被美国人还给了她原来的舞伴。麦克维尔邀请最肥胖的妓女共舞，不料在双双走向门廊的时候再次被“哑巴”袭击，二人打作一团，终于引来了警察。

水手阿斯托在“畜栏”妓院与自己的妹妹不期而遇，带着她上了一辆出租车，在车上，这一对山区兄妹用克丘亚语“喜悦而绝望”地交谈。

宝拉等三位妇女来到山上看望为妓院的提诺科生下一子的奥尔法。她们在山上俯瞰海湾，看见鱼粉工厂浓烟滚滚，看见有海鸥纷飞。宝拉痛苦地歌唱，舞蹈，被人当作是喝醉了……

山上的狐狸问山下的狐狸：我说的和讲的你明白吗？

山下的狐狸回答：你有点儿把事情搞混了。

山上的狐狸说：没错，词语，就是要使世界支离破碎。

“疯子”蒙卡达登场。他却不是总疯着，在他正常的日子里他甚至可以去工作糊口。他整天扛着一个木头十字架，揣着一个玩偶走街串巷，嬉笑怒骂，言语无稽却又字字淌血。市政府要修建现代化的豪华公墓，众人拔起亲人坟前的十字架背在肩头，缓缓人流向郊区洼地移动，蒙卡达也扛着自己的十字架加入到沉默的队伍中去。

阿斯托的妹妹在家里遇见了挑衅而来的“畜栏”妓院的提诺科。盲人乐师安东林赶到解了围。在盲人乐师的凄凉的吉他声中，提诺科离开了阿斯托的家，回到穷人们的新墓地，在一个失去女儿的男子身边哭泣。一开始还有些装腔作势，后来却哭得真情实意。他想起在“莫比·迪克”号渔船上看见的那只鹈鹕，它在夜里起锚的时候飞上船，卑微地栖在船尾，任凭渔船把自己带向深海。包括提诺科在内，没有人去打扰它。船主说那老水鸟“身体里面在哭泣”。提诺科的哭声越来越大，像是要跟贫民区的狗吠一争短长。

埃斯特班回到自己家里，又和妻子吵了一架。他躺倒在地，回忆起当年的矿工生涯，身边的伙伴一个接一个地死去，流淌出来的不再是鲜血，而是乌黑的液体，肺里直到现在还充斥着煤炭，吐的痰都是黑色的。夫妇俩的老朋友蒙卡达过访，饭后又回到夜幕中的街巷，宣告这是一个醉鬼的国家，有人被灌醉，有人饮人血而醉，上至总统，下至渔民，没有一个清醒。

周末的晚上，蒙卡达来到“奇慕”大酒店，闯进正在举行盛大舞会的大厅，庄严宣告：“先生们女士们我要在这里尿出煤炭来，你们不用害怕，这黑炭水将从我的眼睛，我的胸膛涌出……”警察们把蒙卡达带走以后，舞会立刻恢复了正常。

我翻到书的最后，想看看故事如何结尾：

卡尔多索神父在卧室里念《新约·哥林多前书》第十三章，桌面的玻璃上并排贴着切格瓦拉的画像和基督受难像：

我若能说万人的方言，并天使的话语，却没有爱，我就成了鸣的锣，响的钹一般。我若有先知讲道之能，也明白各样的奥秘，各样的知识，而且有全备的信，叫我能够移山，却没有爱，我就算不得什么。我若将所有的周济穷人，又舍己身叫人焚烧，却没有爱，仍然与我无益。爱是恒久忍耐，又有恩慈；爱是不嫉妒；爱是不自夸，不张狂，不做害羞的事，不求自己的益处，不轻易发怒，不计算人的恶，不喜欢不义，只喜欢真理；凡事包容，凡事相信，凡事盼望，凡事忍耐。爱是永不止息。先知讲道之能终必归于无有；说方言之能终必停止；知识也终必归于无有。我们现在所知道的有限，先知所讲的也有限，等那完全的来到，这有限的必归于无有了。我作孩子的时候，话语像孩子，心思像孩子，意念像孩子，既成了人，就把孩子的事丢弃了。我们如今仿佛对着镜子观看，模糊不清；到那时就要面对面了。我 如今所知道的有限，到那时就全知道，如同主知道我一样。如今常存的有信，有望，有爱这三样，其中最大的是爱。

“那么恨呢？”——神父用英语问道。

“在这里，我见了种种异象：从最可怖的到最温情的。主啊！……”

这部未完成的小说在作者死后的1971年出版。同年，他的同胞秘鲁神学家古铁雷斯（Gustavo Gutiérrez）把自己的《解放神学》题献给他。

| 3 |

疯先知蒙卡达在某种程度上可以看作是阿格达斯自己的写照：他悲伤，他愤怒，他痛苦，他嘲弄，他斥责，他挣扎。也许他是只能说“不”的先知。他选择像奥拉西奥·基罗加（Horacio Quiroga）（另一位我深深喜爱的拉美作家）一样死去。

他是白人的后代，却在印第安人中长大。整个童年说的是克丘亚语。十七岁那年离开山区，来到海边的城市——所以书中“山上的狐狸”说“那个想要自杀的人，也是写这本书的人来自山上”。他学会了“征服者的语言”——西班牙语，也用她写作。这种写作带来的成就对他而言是“一种背叛或挫败，一种无用的破碎”。加莱亚诺说他“不愿当白人，又当不了印第安人”。他说自己永远是个“外省人”。他笔下的蒙卡达说我们都是这个世界上的异乡人。

他对革命有着乌托邦式的憧憬，满心相信印第安革命领袖所描述的那“必将到来的日子”，然而他一面承认“我在瞳仁里感觉到了你所说的曙光”，一面又担心“那破晓要付出血的代价，无数的血”。

友情、爱情、童年的回忆、对印第安语言文化的热爱、对祖国至死不渝的深情，这一切的一切都没有能够帮助他胜过死亡的吞噬，一次又一次地跌落在灵魂的“井”里。最终他选择了放弃：“我在智利搞到一把22口径的猎枪。试过了，很好用。”即使在他写给出版社和校长的两封绝笔信中，他仍牵挂着他的朋友们，他的妻子、前妻，他的大学和学生们，未完成的克丘亚语课题研究……

然而他说：请原谅我。说了又说。

| 4 |

在《山上的狐狸和山下的狐狸》里，阿格达斯向《请听清风倾诉》的作者奥内蒂（Juan Carlos Onetti）致以“一个作家对另一个作家所能表达的最高敬意”：他说他在智利的圣地亚哥，但他真正想在的地方是乌拉圭首都蒙得维的亚，为的是遇上奥内蒂，握住他用来写作的手。

在奥内蒂家里，加莱亚诺把这些告诉了他。那时候《山上的狐狸和山下的狐狸》刚刚出版，奥内蒂还不知道。加莱亚诺说完了，奥内蒂没出声。那时候阿格达斯刚刚用一颗子弹穿透自己的头颅。

两个人沉默了许久，几分钟或是几年。“然后我说了些什么，问了些什么，奥内蒂没有回应。于是我抬起头，就看见一道湿润的切口划开他的脸庞。”

从前，有一只兔子

从前，有一只兔子。

又来了一只兔子。

它扶着耳朵站在第一只兔子的肩膀上。

又来了一只兔子。

它扶着耳朵站在第二只兔子的肩膀上。

又来了一只兔子。

它扶着耳朵站在第三只兔子的肩膀上。

又来了一只兔子。
它扶着耳朵站在第四只兔子的肩膀上。

又来了一只兔子。
它扶着耳朵站在第五只兔子的肩膀上。

又来了一只兔子。
它扶着耳朵站在第六只兔子的肩膀上。

又来了一只兔子。
它扶着耳朵站在第七只兔子的肩膀上。

又来了一只兔子。
它扶着耳朵站在第八只兔子的肩膀上。

又来了一只兔子。
它扶着耳朵站在第九只兔子的肩膀上。

又来了一只兔子。

它扶着耳朵站在第十只兔子的肩膀上。

又来了一只兔子。

它扶着耳朵站在第十一只兔子的肩膀上。

又来了一只兔子。

它扶着耳朵站在第十二只兔子的肩膀上。

又来了一只兔子。

它扶着耳朵站在第十三只兔子的肩膀上。

又来了一只兔子。

它扶着耳朵站在第十四只兔子的肩膀上。

又来了一只兔子。

它扶着耳朵站在第十五只兔子的肩膀上。

又来了一只兔子。

它扶着耳朵站在第十六只兔子的肩膀上。

又来了一只兔子。

它扶着耳朵站在第十七只兔子的肩膀上。

又来了一只兔子。

它扶着耳朵站在第十八只兔子的肩膀上。

又来了一只兔子。

它扶着耳朵站在第十九只兔子的肩膀上。

又来了一只兔子。

它扶着耳朵站在第二十只兔子的肩膀上。

又来了一只兔子。

它扶着耳朵站在第二十一只兔子的肩膀上。

亲了长颈鹿一下。

兔子尾巴长不了式附言：

构思来自乌拉圭作家加莱亚诺的短章“El arte desde los niños”（收入 El libro de los abrazos 一书）。原文这样开始：

Mario Montenegro 把他的孩子们讲的故事写成歌。

他抱着吉他坐在地上，孩子们围成一圈，这些小孩子或小兔子给他讲七十只兔子叠罗汉去亲长颈鹿的故事，或者给他讲天上孤独的蓝兔子的故事：……

破晓歌

女曰鸡鸣，士曰昧旦。良宵苦短，曙光是天下情人公敌。

于是想尽理由来拖延分离的时刻：子兴视夜，明星有烂。星光尚在天，可见曙光未至。英国诗人但恩诗中主人公有更好的理由，不假外求，痴心人眼中有光彩比曙光明亮：

莫走！亲爱的，不要起身！
发亮的是你的眼睛；
不是破晓，破的是我的心……
（李霁野译）

时间之流无可抵御，有哀怨者，有祈求者。元散曲中贯云石《红绣鞋》小令描摹如画：

挨着靠着云窗同坐，看着笑着月枕双歌，听着数着愁着怕着早四更过。

四更过，情未足，情未足，夜如梭。天哪，更闰一更儿妨甚么！

求而不得，难免迁怒于他。南朝民歌《乌夜啼》：“可怜乌臼鸟，强言知天曙。无故三更啼，欢子冒暗去。”唐张文成《游仙窟》中有句：“可憎病鹊，夜半惊人，薄媚狂鸡，三更唱晓。”这里面要数《读曲歌》的主人公最痛快决绝：“打杀长鸣鸡，弹去乌臼鸟。愿得连瞑不复曙，一年都一晓。”

无辜鸟儿都变成“可憎”，然而愤怒的情人要“打杀”的可不只是鸟儿。巴洛克时期的诗人贡戈拉（Luis de Góngora）有一首十四行，原诗无题，编者附加的标题叫作“致太阳，因诗人正与一位女士同在，却不得不分离”。

正亲吻纤手水晶无瑕，
正在雪肤玉颈间环拥，
正散开颈上秀发随风
那本是爱神采自金矿精华，

正在精巧珍珠间迸发
千万蜜语不足以形容，
正从每一瓣芳唇拨弄
紫色玫瑰而无惧利刺护花，

哦满心嫉妒的明亮太阳，
你放光芒将我眼睛刺伤，
夺取我荣耀又令我好运消散。

若天神昔日的大能如常
不会再任凭你光芒猖狂，
降电光击杀如待你儿子一般。

法国学者罗伯特·詹姆斯（Robert Jammes）等研究贡戈拉的专家认定，这里所写并不是主人公实际遭遇，乃是香艳梦一场，却被清晨的阳光惊醒。墨西哥学院的 Antonio Alatorre 教授著有《西班牙黄金世纪诗歌中的香艳梦》（*El sueño erótico en la poesía española de los siglos de oro*），书里也提到这首诗，形容前八节的主调是弱的行板，后六节为之一变，转为极强的急板，又好像从室内乐到交响乐。

打起黄莺儿，莫教枝上啼，啼时惊妾梦，不得到辽西。

同是梦醒时分，在这西班牙十七世纪的案例中，男主人公大发光火尤嫌不足，甚至发出诅咒。在英国诗人但恩笔下不过是“忙碌的老傻瓜，任性的太阳（Busy old fool, unruly Sun）”，此处却罪加一等，分明出于嫉妒而坏人好事。故此诗人不惜迁怒天神，怪朱庇特的电光不曾将太阳一举击杀，就像当年击杀日神之子，擅驾太阳车闯下大祸的法厄同一样。前面八行花团锦簇、浓情蜜意的铺陈，最后酿就这雷霆一击。

时光你真美好，请你停一停；也好让世上的情人们放过无辜的鸟儿和太阳。

圣诞谣（remix）

□ I 少女（serenata）

我们不该入眠

这神圣的夜晚

我们不该入眠

童女独自思索

该做些什么

在那大光之王降生的时刻

是为他神圣的本体

而颤抖

还是有话要和他诉说

我们不该入眠

这神圣的夜晚

我们不该入眠

她还想是否应该

满心敬虔

与他交流

因他是永恒的上帝

为爱成囚

或者因他是心爱的儿子

给他一个吻

在他微笑的时候

我们不该入眠

这神圣的夜晚

我们不该入眠

……

方济各会的诗人、修士安布罗西奥·蒙特希诺（Fray Ambrosio Montesino，1448? – 1508？)是这首圣诞谣的作者。这位被达玛索·阿隆索称作“善直感又温柔的修士”以宗教诗人兼具的敏感与虔诚，在圣诞之夜中捕捉到一个戏剧性的瞬间：分娩的时刻临近，一个念头忽然出现在童女玛利亚心中，难以排解：该怎样来迎接这新生的婴儿？俯伏礼拜他？还是用吻将他淹没？这一位母亲所面临的两难抉择是所有其他为人母者所不曾也不可能经历的，因这一难题正根源于新生儿独一无二的奥秘性的双重身份：神人二性。他既是具有“神圣的本体”的“大光之王”“永恒的上帝”，同时也是襁褓中“心爱的儿子”。

在蒙特希诺质朴平易、充满温情的诗行间时有“踌躇的光芒”浮现，如玻璃上闪烁的光，翅膀的摇摆，其迷人之处正在于：对婴孩的母爱，对上帝的圣爱，表面看来非此即彼的两者，其实并非互相竞争，乃是有着内在的渊源和联结——永恒的上帝因救赎进入人类历史降生为人，正是“为爱成囚”，人间母性的柔情，上帝降世的妙爱，水乳交融，现出悖论之美的奇妙光晕。达玛索·阿隆索曾感叹：“没有人能像他那样表达，因为也许没有人能像他那样感受和默想这一切”，并且确信“圣母一定从未感到如此地被理解……四百多年前正是她自己在天堂引领着她伟大的诗人。”

四百多年后，赫拉尔多·迭戈（Gerardo Diego）这位深受黄金世纪诗风陶泳的诗人，也写过一首异曲同工的圣诞歌谣：

他来的时候

他来的时候，哎呀，我不知道
用什么将他包裹
用什么

哎呀，告诉我，月亮
当那茂盛的橡树
在你迷人的怀抱里
你为他唱起摇篮曲

告诉我，因我不知道

用什么将他触摸

用什么

哎呀，告诉我，和风

你用那样轻柔的吻

翻动最高的树叶

梳理最光滑的羽毛

告诉我，因我不知道

用什么将他亲吻

用什么

现在我想起你

上帝的天使

告诉我，我曾领受你的宣告

“我是主的使女”

告诉我，凭着你的信念

用什么将他拥抱

用什么

要么你告诉我

若是你知道，约瑟

我会服从你

我不过是个少女

用怎样的手臂接住他

才不会将他失落

用什么

与先辈蒙特希诺诗中那样鲜明的对比和张力不同，他以抒情笔调在向月亮、和风、天使加百列、丈夫约瑟的求询中表露少女的惶惑不安，不断暗示和强调新生儿的独特身份。

□ Ⅱ稻草（arioso）

神学家巴尔塔萨在谈到格列柯的绘画时说：“西班牙艺术似乎已经强烈地感觉到，基督教的艺术对象恰恰就是非审美之物。”这似乎可以帮助我们理解为何西班牙黄金世纪的两位大诗人洛佩·德·维加和路易斯·德·贡戈拉在各自的圣诞谣中都不约而同地把目光投向了圣诞夜马厩中那卑微轻贱的稻草：

这马厩的稻草
伯利恒的婴孩呵
今天是花朵和玫瑰
明天将是苦水

你在稻草中哭泣
我美丽的婴孩呵
是因为感到寒冷
也是因为火热

睡吧，圣洁的羔羊
我的宝贝，不要哭呵
若是那豺狼听见
会来抓你，我心爱的

在稻草中睡吧

虽然你嫌它们冰冷
今天是花朵和玫瑰
明天将是苦水
……

在洛佩·德·维加这首圣诞谣的迭句副歌中关于稻草有着看似奇异的描述："今天是花朵和玫瑰 / 明天将是苦水"——花朵或苦水与稻草何干？"今天""明天"又有何所指？原来解读的关钥在于圣诞夜三十三年后发生的基督受难事件。摇篮曲的歌者完全沉浸在对十字架受难的预感的哀恸之中，望着那注定要走上十字架之路的圣婴，日后（"明天"）耶稣被捕受难时的情景仿佛一一浮现：他将被鞭打，遭戏弄，戴上荆棘编成的冠冕，肋边被枪扎，双手被铁钉刺透……比起那一天的荆冠、铁钉、枪矛、苦酒，这潮湿扎人的稻草就好像芬芳的花朵了。

"你在稻草中哭泣"——Fernando Lázaro Carreter 在其著名的文学评论手册里特意提到这里所用的前置词是"entre（在……之间）"而非在"sobre（在……上）"。这看似细微的差别却将婴孩所处环境的恶劣表现得淋漓尽致：可以想见，冰冷的稻草不仅是扎刺着新生儿的脊背，而是他的整个身躯。圣婴“感到寒冷”自在情理之中，但为何又同时感到“火热”？因爱而生的火热是唯一合理的解释——使上帝降世成人，舍命拯救的圣爱。

为我主基督诞生而作

今朝从晨曦的胸怀
降下一朵石竹花
稻草成了何等荣耀
因那花儿落在上面！

当静寂笼罩
大地上一切生灵
戴上冰之王冠
寒夜君临天下
在如此严酷的
阴霾之间

今朝从晨曦的胸怀
降下一朵石竹花
稻草成了何等荣耀
因那花儿落在上面！

那童女，美丽的晨曦
佩着唯一的石竹花
将花朵赠予世界
而她仍美丽如初
只有那忠贞的稻草
承载阶下的紫红

今朝从晨曦的胸怀
降下一朵石竹花
稻草成了何等荣耀
因那花儿落在上面！

稻草虽满覆冰雪

却有幸在他单薄的怀中
得见这神圣的朝霞
为他榻上的羊毛
作他华盖的黄金

今朝从晨曦的胸怀
降下一朵石竹花
稻草成了何等荣耀
因那花儿落在上面！

“稻草成了何等荣耀”——贡戈拉对稻草一唱三叹的反复歌咏，其实是一种言在此而意在彼的修辞手段，“因那花儿落在上面！”石竹花（clavel）即香石竹，又译康乃馨，诗人帕斯说那是“圣婴耶稣的化身”，“因为在民间，人们把它看成人类肉体的精神象征”。严冬寒夜里“满覆冰雪”的马槽稻草，只因圣婴如一朵肉红色的石竹花降临于上，在诗人眼中便俨然是“榻上的羊毛”“华盖的黄金”。虽然稻草也勉强可以御寒，颜色仿佛黄金，但无论从功用或价值而论，与那两者的差距何异云泥之别。然而那“万王之王、万主之主”却正是降生在这卑微寒酸的稻草上面——尽管最上等的羊毛，最精炼的黄金也远不能与他相配。

埃里希·奥尔巴赫在他影响深远的名著《摹仿论：西方文学中所描绘的现实》中曾从文体学的角度阐发基督教文学的精义：“第一次对古典理论的冲击……那就是耶稣基督的故事，它毫无顾忌地将日常的真实与最高级、最崇高的悲剧混在一起，从而超越了古典文体规则。”因为基督的故事——从诞生到受难，“创造了一种全新的高雅文体，这种文体决不轻视日常事物”，一切卑微、贫寒、严酷乃至丑陋都接纳不拒，这种被古典主义文体分用美学观视为“低级表达方式”，“一种低级的、本来只用于喜剧和讽刺剧的文体，它现在大大超出了最初的应用范围进入了深邃和高雅，进入了高尚和永恒”。洛佩和贡戈拉圣诞谣中的稻草意象，正可以为奥尔巴赫的论述添上一个完美的注脚。

□ Ⅲ风 （arrullo）

睡吧，我的孩子，

我血中的花，

被守护的星，

行走的光。

如果阴影拉长

投映在树上，

每一棵树干后面

有位天使在打仗。

如果群星降下

来看你的模样，

每一颗星星后面

有位天使赶路忙。

如果白雪飘飘

落在你的身上，

每一片雪花后面

有位天使把心伤。

如果卑微的大海赶来
来给你一个吻在脸上，
每一朵浪花后面
有位天使闪闪亮。

在你的眼睛里
有没有给梦的地方？
睡吧，新生的孩子，
我肉中的粮，

被守护的星，
行走的光，
睡吧，风静一静……
你吩咐它不要弄出声响。

这首“摇篮曲”出自路易斯·罗萨莱斯（Luis Rosales）的《耶稣诞生神圣组画》，通篇充溢着黄金世纪以降圣诞诗歌中常有的温情，到篇末却突现惊人之笔：“睡吧，风静一静……/ 你吩咐它不要弄出声响”——与传统习见的摇篮曲模式大相径庭。在相同的场景中，洛佩会说：

……

怒吼的风儿啊

呼呼作响，

你们莫要吵嚷

我的婴孩正在梦乡。

而在罗萨莱斯这里，“新生的孩子”竟可以号令狂风，熟悉圣经的读者自然会联想到《新约》四福音中耶稣平静风和海的记载，再次指向基督神人二性的神秘悖论。

□ Ⅳ东方三王 （scherzo）

孤独。黑夜。露台。

沉寂之月在柱群间。

美酒鲜果旁边，我的疲倦。

时间使一切疲倦，包括幸运，

都失去味道，变得苦涩，

如今我在他人身上只找到虚谎，
此处在我胸中是无聊和恐惧。
不知那魔幻的传说
有一天能否成真。

那先知的
星，在阴影中诞生
纯洁明亮，划过天穹
仿佛黝黑面孔上的一滴泪，
诸神的玄妙轨迹。
神圣真理将成肉身
在那光芒指引之处。

魔法是否，
——当青春及其欲望消逝——
仍有可能？……

西班牙诗人塞尔努达的长诗《三王来朝》几乎全部由罗伯特·勃朗宁式的戏剧独白组成，也隐含着艾略特《三王之旅》（*The Journey of the Magi*）的回响。所谓东方三王、三贤哲或三博士，据说是波斯玛代国中地位尊贵的智者术士。《马太福音》记载："有几个博士从东方来到耶路撒冷，说：那生下来作犹太人之王的在哪里？我们在东方看见他的星，特来拜他。"其实圣经里从未说是三位，也没有提及他们的姓氏。但后世敷陈流衍，定下三人分别叫作Melchor，Baltasar和Gaspar，年纪族裔各异，意在象征救赎的普世性。三博士夜观天象，看见王者之星出现，便一路跋涉赶来朝拜。"在东方看见的那星，忽然在他们前头行，直行到小孩子的地方，就在上头停住了。他们看见那星，就大大地欢喜，进了房子，看见小孩子和他母亲玛利亚，就俯伏拜那小孩子，揭开宝盒，拿黄金、乳香、没药为礼物献给他。"

上面引录的是全诗第一节，Melchor不寐之夜的独白。这三王中年纪最长的一位，在无所慰藉的暮年，渴望圣诞的"魔幻传说"为他唤回"青春时代的甜美"：

人们向无底的时间投射
虚妄的安慰，确凿的痛苦，

欲望由此滋生。单单一个身体，

呢喃诉说它的恐惧和希望，

从阴影出发到阴影去。

并非没有疑惑——预言中的王者之星在他眼中“光芒闪耀好像鲜血 / 从伤口欢快地涌出”——但他已决意启程。

第二节是三王的独白和对谈。塞尔努达笔下的 Baltasar 醉心于追寻权力，而 Gaspar 是个感官享乐主义者。于是长者 Melchor 谆谆劝导：

上帝之外别无权柄，在上帝里愉悦才能恒久；

汹涌大海是他的臂膀，欢快光芒是他的微笑……

丢下你们的黄金和香料，黄金沉重而香料令人消沉。

向真理赤露发光之处进发，无需其他牵挂。

两位同伴不以为然，但还是一起上路，各自心怀盼望。

Baltasar

有了你说的真理，若我们能找到，或许可建起伟大的帝国。

Gaspar

或许那真理，就像春天，将催生火红的欲望。

随后一节是期待的落空，也不是全然出乎意外。

我们看见那星在高处
静止不动，苍白如水
在破晓时刻，给出回答
用它迟到的神迹之光
映在马厩上……
我们停下。所有人下了坐骑。
走进马厩，只看见避难中的
一个女人和一位老者。

但茅屋里还有人：
一个孩子被抱在女人怀中。
我们期待一位神，荣耀
威严的存在……

我们找到的是和我们一样的人，
可怜地哭喊，眼神里满是
痛苦，承担灵魂的重负
难逃灵魂的宿命，
迟早被死亡收割。

我们将礼物，精致的香料和精纯的金属，
留在尘埃中，仿佛丰厚的贡品
能造就一位神。然而我们之中
无人还保留信念，
追寻的真理已意义全无，
世界贫弱，病态，阴暗。
我们怀念各自奢华的宫廷，斗角和战争，
或温暖的厅堂，浴室，少年人
丝滑的肉体，
或夜间花园的休憩时光，
我们想做不再朝拜任何神祇的人。

在这个二十世纪版本的三王故事中没有忽略圣诞礼物

的传统主题，只是主人公不愿或不屑再提起黄金、乳香、没药的名称，而泛泛称之为“香料”和“金属”，并抛掷在灰尘中：“ 仿佛丰厚的贡品 / 能造就一位神。”这真是太辛辣的讽刺，贡品丰厚则神祇真实，原来这才是人间王国甄别真神的标准。也透露出为何三王乘兴而来，幻灭而去的原因：他们从破败的马厩，婴儿的哭泣中看不到救赎之神的大能临在。

长诗最后的两节换了声音的主人公。伯利恒一位年老的牧人回忆起年轻时的见闻：

> 他们是为淫佚和权力而迷狂的三王，
>
> 在夜间追寻一颗星星的轨迹……

他们被追寻的结果吓到了：在星光下，马厩里，是“他们之前从未见过的人的贫苦”。于是他们“逃走”，而马厩里的一家人也上路。斗转星移，昔日圣诞夜的见证人也已不再年轻。他在集市上听闻三王的下落：一位归国后去世，一位失去宝座，沦为乞丐或奴隶，另一位在悲伤中孤独度日。

他们寻找一位新的神，据说他们找到了。

我很少见到人，从未见过神。

为何非要见到神，如我一个无知的牧人？

看那流血的太阳在远方西沉。

全诗最后一节，名为“墓志铭”，里面有这样两句：

他们寻找真理，但找到的时候

却不相信。

塞尔努达的《三王来朝》是这一组圣诞谣里的不和谐音。或许也是现代人心态的造影：我们是 Melchor，Gaspar，Baltasar，也是那“无知的牧人”。

□ V 牧人（psalm）

——牧人们，你们往哪里去？

——去伯利恒，

去看那当看的奇迹。
——牧人哪，告诉我
你们怎晓得?
——天使们在空中唱歌
声震云霄。听啊，留心听！

——今天你们将看到:
沉默的“圣言”
渺小中的“伟大”
襁褓中的“无限”。
——多奇妙！

——由“明星”生出“太阳”
“大海”向岸边收缩
一朵花中另一朵花
幼年的“果实”在孕育。
——多奇妙！

——那“超越痛苦者”在受苦

“火焰”在燃烧中冷却
神性披上人性
“公义”自己倾身。
——多奇妙！

——使万有颤抖者在颤抖
“至高者”降下
“勇气”化作衰弱
“微笑”在哭泣。
——多奇妙！

——大地升为“苍穹”
在这“白昼”的“夜晚”
“永恒”成为“暂时”
那曾是“生命”的成了“死亡”。
——多奇妙！

——“真理”今日换装
“力量”变软弱

“全能”自己缩减
“明光”也蚀藏。
——多奇妙！

——“崇高”沦为卑微
“欢乐”化作眼泪
仁慈转为严酷
正义化作怜恤。
——多奇妙！

——“丰富”已成“贫穷”
“大能”竟乞求
不可战胜的“狮子”
变成羔羊把自己牺牲。
——多奇妙！

——那本没有开始的一位
在时间中开始生涯
那创造主，仿佛受造物

甘心承受痛苦。

——多奇妙！

——人们哪，请听这奇事

胜过人类的言语：

神而人，人而神

在他身上彼此交通。

——多奇妙！

圣诞谣这一诗体从源起便蕴含对话的元素，至十六世纪时戏剧性的对白更成为其标志性的特质。诗中的主人公们或独白，或争辩，或问答唱和，有时由乐师和歌手扮作牧羊人，合唱团的孩子扮天使，在教堂里演绎圣诞的故事，成为圣诞节期中不可或缺的部分，颇受大众欢迎。上引的圣诞谣便是新西班牙的“第十缪斯”——巴洛克时代的修女诗人胡安娜·伊内斯·德拉·克鲁斯所作，1678 年圣诞在墨西哥普埃布拉大教堂第一早祷时歌咏的。可以想见，在圣诞前夜的烛光中，独唱与合唱一咏一和，彼此交替，歌者的每一段吟唱里都充满着极富张力的悖论，但都以诗班一句无可抑制的赞叹收结："多奇妙！"沉默的"圣言"，渺小中的"伟大"，襁褓中的"无限"，受苦的"超越痛苦者"，在燃烧中冷却的"火焰"，"至高者"降下，"勇气"化作衰弱，"微笑"在哭泣，大地升为"苍穹"，"白昼"的"夜晚"，"永恒"成为"暂时"，"生命"成了"死亡"，"力量"变软弱，"全能"自己缩减，"明光"蚀藏，"崇高"沦为卑微，"欢乐"化作眼泪，"丰富"已成"贫穷"，"大能"竟乞求，"狮子"变成羔羊，创造主仿佛受造物，神而人，人而神……几乎每一个对圣婴耶稣的称谓背后都有圣经的典故和神学的支持，同时兼备类比与象征的鲜明和生动。以神学家约翰·麦奎利的话来诠释和归结这一切是再合适不过了："类比语言（及一切象征语言）有一种悖论性特征……任何象征或类比被肯定的同时，必须也被否定；或者说，无论何时，只要一个象征被肯定，其他更改和纠正它的象征也必须同时被肯定……各种各样的形象都有自身的权利，因为它们是形象而不是概念，所以我们试图借助它们去说明上帝的神秘和他的行为（对这种神秘任何语言都不会恰当）时，它们并不会互相排斥……要使这些概念协调一致是不可能的，但正是出于这些一致和冲突，道成肉身之神秘就得到了表达。"

我们不妨借助墨西哥学者 Ezequiel A.Chávez 所描绘的美妙图景，把目光投向当年沉浸在这悖论之美中的观众们，并尝试分享他们的喜乐：“你们可曾看见——透过我们所在的电灯时代的黑暗——看见两个世纪前的大教堂在夜色中光芒四射？你们可曾看见那里聚集的人群，男人和女人，还有孩子们，一齐聆听修女胡安娜的歌谣？全城的男人和女人，穷人和富人，学生和少女，睁大的双眼中反射着光辉，而灵魂在飞翔……”

□ VI 堂吉诃德 (fantasia)

桑丘从梦中惊醒。冬天的夜真冷啊。

咦，哪来的音乐声？

桑丘揉了揉眼睛，呀，不得了！天空中有一千个天使，唱啊，跳啊，高兴得发了疯。

整个夜空亮得胜过白昼。

堂吉诃德看见了这一切。我们的游侠骑士镇定自若，催马上前，向着那神秘的光源，冒险的激情又一次在心头燃烧，

——这一定是他骑士生涯里的最大历险！

光更亮了。

就是这里！

没有巨人，恶龙，魔法师。没有千军万马的厮杀，没有奇幻莫测的斗法。

只有一个小小的婴孩，躺在马槽里，在稻草中间。

他就是那神秘的光源。

一匹骡子和一头牛正用自己的气息温暖着他。

婴孩旁边是刚刚分娩的母亲。

多奇妙的历险！

堂吉诃德，这从未在君王权贵面前折腰的高傲骑士，已经跪在那婴孩身边。

桑丘正鼓足勇气，想去亲吻婴孩的小脚丫。

动物们环绕着那婴孩，为他遮挡风寒：除了骡子和牛，还有桑丘的驴子，和那举世无双的坐骑“驽骍难得”。

这是西班牙诗人达玛索·阿隆索在他的一首小诗里为我们讲述的圣诞故事。

诗人将堂吉诃德在圣诞夜的奇妙经历称为他骑士生涯的最大冒险是合宜的。在骑士小说里，主人公们常常为了寻回失落的宝物或是拯救被诅咒的国度而踏上征途。而我们的骑士堂吉诃德，当他在那婴孩的马槽前屈膝的刹那，他寻得的是天地间无价的珍宝——上帝的独生爱子；同样在那一瞬间，比所有王国的总和都更加宝贵的国度得到了拯救——那正是他自己的灵魂。在这一回的历险中，用不着他的利剑和长矛，他所做的只是在那马槽里的婴孩身上认出全世界和他自己的救主，道成肉身的上帝。这恰恰需要更大的勇气，那“信心的一跃”，克尔凯郭尔所说的“生死攸关的飞跃”。经过了这生命中的最大历险，“愁容骑士”（Caballero de la Triste Figura）堂吉诃德从此成为和亚伯拉罕一样的“信仰骑士”（Caballero de la Fe）。

平安夜，圣善夜，却也是挑战之夜。“那婴孩是谁？”少女玛利亚说：“那是我的儿子和我的救主。”东方三王说：“那是生下来要作犹太人之王的。”先知老西面说：“那是照亮外邦人的光。”还有牧羊人，希律王……直到我们的主人公堂吉诃德和桑丘，每个人都有自己的答案。在这个意义上说，每个人都是游侠骑士，而圣诞夜便一次次成为生命中的历险。

聊寄一枝春

去看老师的时候，又听他说起译诗之难。他举了帕斯的例子，这位墨西哥大诗人所译苏东坡的悼亡名句“十年生死两茫茫”，再直译回汉语的话就是：

十年：一天天更遥远

一天天更模糊，生者与逝者

其实也算别具一格，虽然很多汉语读者可能会觉得远不如原文的哀感藉蕴。西语悼亡诗里我印象最深的是安东尼奥·马查多的《致何塞·玛利亚·帕拉西奥》。说是一首诗，好像一封信：

帕拉西奥，好朋友，
春天是否已在装扮
河边和路上
杨树的枝条？杜埃罗河上游的荒原
春天总是来迟，
可来时又多么温柔甜美！……
那些老榆树可曾
发出新芽？
金合欢想必还赤裸
山间的雪也还未融化。
蒙卡尤雪白粉红的峰顶，
在阿拉贡的天空下，多美！
灰色的岩石间
黑莓可曾开花，
细嫩的草丛里
可有白色的雏菊？
钟楼那里

鹳鸟想必已陆续抵达。
绿色的麦子，
棕色的骡子该出现在田间，
农夫播种晚庄稼
趁着四月的雨水。蜜蜂
正光顾百里香和迷迭香。
李树开花了么？有没有紫罗兰？
蹑手蹑脚的猎人，捉石鸡的诱饵
在他们长长的斗篷下
一定不缺少。帕拉西奥，好朋友，
河岸边有没有夜莺？
带上初绽的百合
园子里第一束玫瑰，
在一个蓝色的午后，登上“埃斯皮诺”
“埃斯皮诺”高处有她的土地……

马查多写这首诗的时候是一九一三年四月，在南方，安达露西亚的巴艾萨（Baeza）。在妻子莱奥诺儿死后他第一次没有在索利亚（Soria）度过春天。索利亚在西班牙的中部，这卡斯蒂利亚的春天来得迟。诗人此时所在的安达露西亚早已春光烂漫，但他知道，索利亚的春天才刚刚露出额角。好像带着几分怅然，也有些许兴奋，他忙着向朋友求证，核实自己关于故园景物的回忆：杨树，榆树，李树，黑莓，雏菊，鹳鸟，夜莺，骡子，山峰，钟楼，农夫，猎人……不厌其烦地徐徐列举，由远而近，由静而动，自然界到人世间。我们一行行读下来毫不费力，却被他一连串的问题和追忆感染，被万物复苏的春意浸润，暖洋洋的，读着读着眼睛似乎也亮了起来。

然而他是在逡巡，在逃避。直到诗的最后，才终于提出请求，请朋友把春天最初的花朵带到埃斯皮诺。埃斯皮诺是索利亚的公墓。他无法说出“墓地”这个词，只是说“她的土地”。他描述的每一样花草风物，都曾经和她一起看过。春去春来，卡斯蒂利亚的原野仍然那么美好。他只写美好，但每一个字都是说不出的痛。不知何处去，依旧笑春风。读到最后一行才明白，原来他说了这么多其实都是为了一个请求，请好朋友把春天也带到“她的土地”。他也许能够在回忆中重现一切，但还没有能力再次说出她的名字。诗人能做的是用诗歌泯灭距离，空间的，时间的，生死之间的距离。面对看不见的倾听者，“好朋友帕拉西奥”，和无法说出名字的她，一封信，一首诗，聊寄一枝春。

附记：

何塞·玛利亚·帕拉西奥是位记者，马查多夫妇在索利亚的好友。他因马查多的诗而知名，以至于当时的人见面都叫他“帕拉西奥，好朋友！（¡Palacio, buen amigo!）”

诗人的迟缓

| 1 |

在西班牙的最后一年，赶上两位诗人的百年诞辰。我借讲座的机会去了诗人米盖尔·埃尔南德斯（Miguel Hernández, 1910—1942）的故乡，见到他还是牧羊少年时生活的地方。至于另一位诗人路易斯·罗萨莱斯，我住的城市就是他的故乡，格拉纳达。

很多人知道格拉纳达，这安达露西亚的小城，是因为另一位诗人加西亚·洛尔迦。洛尔迦可说是罗萨莱斯的偶像和兄长。1936 年夏天的黑暗一日改变了两位诗人的运命。

洛尔迦被西班牙宪警从罗萨莱斯的家中抓走，不久被押至格拉纳达近郊的山谷中秘密处决。罗萨莱斯一家和长枪党渊源颇深，所以洛尔迦躲在他家避难，没想到同为保守势力，宪警和长枪党之间也有龃龉，诗人因《西班牙宪警谣》以及同性恋的名声深遭嫉恨，终究没能逃脱。有人考证罗萨莱斯的兄长可能脱不了干连，但无论如何罗萨莱斯是完全无辜的。然而这阴影笼罩了他一生。甚至在他身后，罗萨莱斯的名字和作品在自己的家乡也被人刻意回避和遗忘。我的一位西班牙朋友很是抱不平，感慨在这同一年里，虽然在安达露西亚和马德里都举办了关于罗萨莱斯的展览，但比起埃尔南德斯的纪念活动来声势远远不及。

当年夏天我离开诗人的城市回国，未曾想到冬天就有了新的因缘际会。应塞万提斯学院之邀，罗萨莱斯的公子和另一位研究埃尔南德斯的教授来学校讲座。在再熟悉不过的园子里忽然出现了诗人的血脉化身，现今想起来有一种误入传记电影似的不真实感。诗人之子路易斯·罗萨莱斯·福斯是位化学家，也已年过半百，英神俊朗，风度翩翩，在讲座上朗诵了几首父亲的诗。我特意请他念念当年他还是小孩子的时候，另一位西班牙诗人为他写的一首小诗。

他兴高采烈地念了。诗很好玩，里面说：别听别人的，叔叔我的建议是最好的，你去打碎妈妈的杯子，用弹弓打灯泡，把爸爸的书从窗户里扔出去，还有还有最好玩的事——趁他不注意拿火柴把爸爸写字的那些纸片点着，看看他是什么表情……要知道这个教坏小孩子的怪叔叔不是别人，乃是二十世纪西班牙语文学界开宗立派的泰斗级人物，曾任西班牙皇家学院院长的达玛索·阿隆索！

| 2 |

达玛索·阿隆索曾用两种颜色来描述罗萨莱斯身上的两种基调：柠檬色和天蓝色。天蓝色源于诗人双眸的颜色，代表“插上翅膀的智慧”，“体察入微的敏感”和“纯洁的幻想力”。柠檬色源于土地和忧郁，代表诗人常把“C”发成“S”的南方口音，对“都市性的、经济性的‘时间’观念的无知”以及“充满旋涡与离题的迟缓”。而诗人之子，虽然当初没有听从这位叔叔的怂恿，这一次或许受到启发，写了篇名为“路易斯·罗萨莱斯：迟缓与耐心”的文章，收在罗萨莱斯曾任主编的《西语美洲杂志》（*Cuadernos*

Hispanoamericanos）2010 年夏天的纪念特刊中。

在外来人印象中，迟缓几乎是安达露西亚的标志。人们总是迟迟赴约，迟迟离去，我自己就不止一次亲眼见证，朋友们一边说着“我真得走了”，一边继续告别上半个小时——南方的速度可能都留给了弗拉门戈舞者，供他们在足间挥霍。但罗萨莱斯的迟缓不限于此。他的《心灵的内容》(*El contenido del corazón*) 在 1941 年动笔，1969 年才出版，而名作《燃烧的房子》(*La casa encendida*)1949 年问世，1967年定稿，到1981年的诗选中又再次修改。罗萨莱斯常说，不管何时出版都太早。他需要时间来安顿记忆。化学家罗萨莱斯回忆起 1979 年，在马德里的安东尼奥 · 马查多书店举行的诗集首发式上，诗人罗萨莱斯曾带着几分自嘲说道：“我把手稿搁了很多年。我开始的东西从未完成过……不管再活多久，我死的时候一定是个未遂作者。”

《心灵的内容》里有这样一句话：“有些词语不是用来说的，是用来住的，就像住在一座城市。”就像他的格拉纳达，他在那里出生也希望在那里埋葬。他还在一首小诗里说过另一层意思：我们每说出一个词的时候都是在为自己作传而不自知。词语没有定义，只有情节。既然每个词都包涵着我们全部的历史，我们就不能不慎重其事，迟缓自然是难免的。斟酌词语不仅仅是修辞问题，也与伦理相关。

当年佛朗哥掌权后，罗萨莱斯没有像塞尔努达一样流亡墨西哥，没有像埃尔南德斯一样死在狱中，他留在西班牙并继续有文字发表，这样的经历与洛尔迦之死联系在一起成为许多人眼中他的某种“原罪”。然而要理解诗人罗萨莱斯，不能忽略另一位兄长之死在他生命中留下的创伤：就在洛尔迦因性取向被反动的保守派秘密杀害的同一年，曾与洛尔迦、达利合办《金鸡》杂志的华金·阿米戈（Joaquín Amigo），因天主教信仰被革命的共和派活活推下悬崖。罗萨莱斯的确曾为《等级》这样的右翼杂志撰稿，但他 1937 年《亡者的声音》（*La voz de los muertos*）一诗却是为敌对双方阵营的受难者所作的哀歌。在内战后充满“孤独者与自私者”的西班牙，诗人的迟缓可以是一种深思熟虑后的选择和自我承诺：“不能用切掉的手写作，/ 用昨天的手写作，/ 不能像重新流血不止的死人一样写作。/ 我必须用另一种方式写，/ 保持正确的距离，/ 寻找一次比一次更诚实的表达，/ 学习用残肢写作，/ 慢，非常慢，慢到不能再慢……”

尽管不确定是否会有人愿意聆听“这些冻僵的言语”，但诗人诉诸于敬业的耐心，因为无论如何，“这是你的工作”。

| 3 |

多年前他第一部诗集《四月》(*Abril*) 刚刚出版，当天晚上有人轻轻敲他卧室的门。原来是母亲读了儿子的诗，忧心忡忡地来找他：“路易斯，你这样写是一种病。”他的病似乎终生未愈，而且把这病症发展成对抗绝望的纪律和技艺。聂鲁达说他经历了安达露西亚的惨痛时刻，终于在沉默与词语中痊愈。评论家称他为“空气的学徒”，因为他的诗里说：

跌落过太多次
空气是我的导师

还有那更著名的称号——“有条不紊的溺水者”，出现在《诗韵集》(*Rimas*) 里第一首第一句，初稿时叫《这样……》，最后定名为《自传》。我第一次读到这首诗，不是在书页上，而是在格拉纳达城一处不起眼的小广场，墙垣的蓝白瓷铭牌上：

好像有条不紊的溺水者计算多少个浪头才够把自己淹没，

算了又算，以免出错，

直到最后一个，孩子一样高的浪头没过前额，

我也是这样活着，像浴缸里的纸马一般盲目地谨慎，

自信我一生从未失误，

除非有关我最爱的事物。

在这个世界上，跌落和失误是不可免的，因为“有关我最爱的事物”。那么我们能做的，至少可以在空气的指导下学会计算，计算自己跌落的次数和溺死所花费的时间。溺水者在有条不紊的计算中显示出奇特的尊严。纸马在浴缸中奔跑：慢些，再慢些。

| 4 |

“告诉你一个好消息，”美国西语文学专家伊安·吉布森 (Ian Gibson) 在电话里告诉西班牙作家菲利克斯·格兰特 (Félix Grande)，“拉蒙·鲁伊斯·阿隆索 (Ramón Ruiz Alonso) 死了。”吉布森等学者都认定是这人当年告密，令洛尔迦在罗萨莱斯家被抓走，尽管他自己从未承认。此人在佛朗哥死后移居美国，再无音讯。他的两个女儿是演员，但都没有用父姓。菲利克斯去了罗萨莱斯家：“告诉你一个好消息”，诗人坐在椅子上，微笑着看着自己的朋友。“你记得拉蒙·鲁伊斯·阿隆索吧？”诗人点点头。“我刚知道他死了。在美国。”罗萨莱斯收回视线，没有说话。他缓了一缓，只说了句：“可怜的人！”菲利克斯说自己非常清楚地记得当时的情景：

“我的声调不是惊讶，而是震惊：‘可怜的人？！你说什么呢？那个人让你背了一辈子十字架！可怜的人？你在说些什么呀！’路易斯没有马上回答。他慢慢地，仔细地，用布擦着眼镜片。他戴上眼镜。他把目光投向我双眼的中心，望了一会儿。然后他才说话。‘我一直知道自己是无辜的……’

他停了一下。‘上帝和我都知道。’我觉得他望着我的目光里有同情，严肃和疲倦。‘而他一直知道自己是有罪的……一辈子背负十字架的人是他，拉蒙·鲁伊斯·阿隆索……所以我说可怜的人。’”

这段描述里最令我印象深刻的倒不是诗人的话，而是他话语间缓了一缓，停了一停，慢慢地擦镜片的样子。

堂拉蒙的马戏团

A

诗歌就是我们以为昨天在社区电影院里看见的姑娘会打来电话。

钟表的指针是时间的摇篮。

海绵：波浪的骷髅。

用铅笔写字只是勾勒出词语的影子。

雕像靠吃鸽子活着。

生活就是买回自己卖掉的东西。

如果那样就好了：最后我们发现风车不是风车，是巨人。

历史是人类继续犯错的借口。

“床单太硌了！”（那是他的墓石。）

马德里：只需听见午后的钟声就当用过了甜食。

汽油是文明的熏香。

河里流过所有往日淹死的镜子。

撑开雨伞好像朝风开枪。

问题在于：水烧开的时候，在哭还是在笑？

风最喜欢在沙漠里玩沙子，就像海滩上的孩子。

燕子为天空说的话打上双引号。

鱼排着游客的队列经过。

黑蝴蝶源自病玫瑰的梦。

白蝴蝶是黑夜剪下的两片指甲。

长颈鹿是一头因好奇而伸长脖子的马。

猫头鹰面朝太阳为晚上充电。

猫头鹰是森林的床头柜上的台灯。

猫一出生就过上了退休生活。

猫是屋顶的门房。

有些门吱吱叫好像被踩了尾巴。

读者和女人一样——谁最会骗她她就最爱谁。

0 是其它数字下的蛋。

4 长着一个希腊式的鼻子。

字母 B 永远射不出它的箭。

书店是建造未来所需的脚手架。

现代街道：闪亮的拼字游戏。

造物主把所有肚脐眼的钥匙都收起来了。

小孩子不好的地方就是为了哭而哭，有点像为艺术而艺术。

天鹅集天使与蛇于一身。

海鸥是航船的信后附言。

闪电是天空的脑电波。

我们希望自己是石头做的，其实是果冻。

那女人看了我一眼，好像在看一辆载了客的出租车。

B

拉蒙·戈麦斯·德拉·塞尔纳（Ramón Gómez de la Serna, 1888 – 1963），一位难以归类的西班牙作家，时人常以“堂拉蒙”呼之。西班牙内战爆发后，移居布宜诺斯艾利斯直至去世。

戈麦斯·德拉·塞尔纳以其“格里格利亚（Greguería）”这一警句式的文体而闻名，他自己的定义是：“格里格利亚＝隐喻＋幽默”。

在诗人帕斯看来，戈麦斯·德拉·塞尔纳是最具现代性的西班牙作家之一；帕斯曾说，假若自己不会西班牙语的话，情愿单单为了阅读他的作品而学习这门语言。

戈麦斯·德拉·塞尔纳说，一个无序的世界只能产生无序和破碎的表达。人应当认识到自己的处境，不能期待事物指向自身，只能到事物中寻找自己。

戈麦斯·德拉·塞尔纳尝试过除抒情诗外几乎所有文类的写作。但研究者认为那些都是幻象，格里格利亚才是他唯一的文体。这是他的局限，也是他的无穷魅力所在。

格里格利亚不能连续读，要不然会很累，就像连读二十首十四行诗那么累。——来自作家翁布拉尔的忠告。

研究者将格里格利亚的做法分类解析：伪词源，双关语，俗语习语的颠覆和戏仿……而格里格利亚的作者说：“我爱无法解释的格里格利亚。”

1962年版《格里格利亚大全集》开本不大，但有一千六百页，共收录了一万五千多条格里格利亚和三百多幅作者自绘的插图。

格里格利亚的作者自称“海绵视角”，而J.Camón Aznar说堂拉蒙拥有蝴蝶般的复眼，还把他的想象力比作焰火，在空白处喷射出秘密的联结；堂拉蒙与万物的关系是圣方济各式的：以你相称。他为事物寻找名字，让他们从名字中解放。

语言是堂拉蒙的玩具和武具，爱人和敌人，是他的“神奇现实”：“如果说语言模棱又富于欺骗性，那是因为现实也是如此。”

塞尔努达最先指出格里格利亚和巴洛克诗歌的关系。比如十七世纪的大诗人贡戈拉在诗中从不说洞穴：大地的哈欠；从不说飞鸟：长羽毛的竖琴。

戈麦斯·德拉·塞尔纳说：我相信我们都由格里格利亚像细胞一样组成；只是需要非常精细的感官才能听见。

“格里格利亚是空中的花朵，从无法回忆的回忆中萌发，如果头脑中童年的列车不曾突然偏离轨道就永远无法回忆。”（堂拉蒙）

帕斯更愿意将堂拉蒙称为伟大的“作品”而不是“作家”。

堂拉蒙写过一本名叫《马戏团》的书。堂拉蒙在大象背上做过一场讲座。堂拉蒙在巴黎的马戏团里接受过观众的致意（虽然当天晚上他仍是一个人在巴黎的街上）。他是一个人的语言马戏团（他在自制名片上写着：马戏团编年史家）。

马戏团里他最爱的是小丑。格里格利亚是小丑的魔法：向椅子亲昵地踢上一脚，假装是椅子自己在动。（翁布拉尔把这叫作马戏团的万物有灵论。）有时候他装作知道，有时候他装作不知道。

“猫的眼睛里有悲伤，为只能做猫的眼睛而悲伤。”（身后出版的《日记》，可能是最后的格里格利亚）

（其实 A 面的“格里格利亚”里有两枚不是他写的。你能找出来么？）

书房即故乡

| 1 |

我从小就爱窥探别人的书房。每次去爷爷家，进门打过招呼就一头奔向书架上的《封神演义》，经过反复考察，那基本是书架上我唯一能看懂又有兴趣看的书。可惜那时年纪太小，也听不懂爷爷浓重的山西口音，不然真应该向那位在某家大院当过私塾先生，八十岁还每天在《参考消息》上练蝇头小楷的老人请益读书心得。函套上他自己题签的《王船山读通鉴论》如今摆在我的书架，他的书房里只留下他的黑框照片。小时候还爱去一位叔叔家，在一本本用旧挂历的背面妥帖包好的龙穴秘藏中，我每次都在仙侠武侠袍带短打之间深受选择焦虑之苦，好容易来一遭恨不得都裹挟回家去又怕父母干预不好意思一次借得太多。

直到今天，每当去人家做客，仍会身不由己地被吸引到书架书柜的方向。往往书房也是主人不轻易示人的一副面庞。所以当我在网上游荡无意中发现那本关于科塔萨尔书房的小书，立刻写邮件托朋友买下捎回。书名直译是《科塔萨尔与书》（*Cortázar y los libros*）。这位阿根廷作家 1984 年去世，十多年后他的四千余册藏书由遗孀奥萝拉（Aurora Bernárdez）赠予 Juan March 基金会收藏。藏书种类五花八门，除了文学作品，还有艺术，建筑，爵士，拳击，炼金术，易经，禅（Paul Reps 所著《禅肉禅骨》，购于巴黎著名的莎士比亚书店）……这本小书即是作者玛尔查马洛（Jesús Marchamalo）在这座科塔萨尔身后的影子剧场中流连的产物。说影子剧场，是因为这些藏书中的五百多册都有原作者的签名和献词，不少书页间又有读者科塔萨尔的评点，混响成一部交织应和的阅读戏剧。

| 2 |

有作者致辞而无读者评点痕迹的书姑且算独白。在科塔萨尔的书房里，加夫列尔·加西亚·马尔克斯的书不多，只有五六本的样子，而且没有《百年孤独》也没有《上校无人来信》。只有一本《格兰德大妈的葬礼》的扉页上写着：

致胡里奥·科塔萨尔

怀着嫉妒

与友情

加夫列尔

1966

而另一本书，何塞·奥古斯丁·戈伊蒂索洛（José Agustín Goytisolo）的《当代加泰罗尼亚诗人》，作者题献的对象赫然是马尔克斯夫妇：

献给梅塞德斯和加夫列尔·加西亚·马尔克斯，

拥抱来自讲卡斯蒂利亚语的

加泰罗尼亚朋友，

何塞·奥古斯丁·戈伊蒂索洛

巴塞罗那，69年5月

还有一本塞尔努达的《诗歌与文学》，扉页署名是“巴尔加斯·略萨，65年巴黎”，不知为何最后也归于科塔萨尔的书房。其实也不难理解，大约我们每个人书架上都有几本出于种种原因尚未归还（永不归还？）的友人借书。在这个意义上，扉页签名只是书籍漫游史上的站牌之一。

| 3 |

涂鸦能不能算一种阅读/标记方式？一本Bram Stoker的《德拉库拉》（*Dracula*）封面上即将破棺而出的吸血鬼伯爵被画上了胡子和眼镜，森森利爪后的手腕上也被添上手表一副。让我兴奋的发现之一：科塔萨尔书房里关于不死血族的藏书颇丰，偏偏他还患有大蒜过敏症——于是

一直成为朋友间的笑柄。又想起聂鲁达也有相同的爱好。1973 年 2 月科塔萨尔受邀再次拜访黑岛，“看到紧闭的大门时就已经明白，……巴勃罗叫我来是为了告别。”晚上告辞的时候，已查出癌症的聂鲁达坚持要他们留下一起看一部吸血鬼电视剧。诗人那一刻快乐入迷的样子在七个月后被科塔萨尔记在怀念文章里。

那次见面聂鲁达送给科塔萨尔自己最后一本诗集：《鼓动刺杀尼克松并歌颂智利革命》。不知道有没有像往常一样，用绿色墨水写满整页的献词。时光倒转近六十年，年少的聂鲁达写出自己平生第一首诗，兴奋忐忑中得到的却是意料之外的反馈：

> 父亲漫不经心地把那张纸拿在手里，漫不经心地看了看，漫不经心地还给我：“这是哪儿抄来的？”

科塔萨尔在聂鲁达自传《我承认，我历经沧桑》中读到这一段，忍不住在书页空白间抒发感慨：“我也是。我妈妈也以为我抄来的。”科塔萨尔九岁或十岁的时候写了第一篇小说（“幸好没留到现在”，科塔萨尔自己如是说），家里人读后都无法相信出自一个小孩子的手笔。那天晚上他母亲一再说，抄袭勉强可以原谅，但绝不能撒谎。这是天才崭露头角的一刻，艺术家传奇的开端，可我也看到两个小孩子的委屈。

| 4 |

书房是浓缩版的“人·岁月·生活”，隐秘或敞开的友情地图。在科塔萨尔的书房里，有古巴诗人何塞·莱萨玛·利马（José Lezama Lima）几乎所有的作品，几乎每一本都有作者的题献，几乎每一本都有读者勾画评点的印迹。看到诗人把阿根廷史诗《马丁·菲耶罗》称作“神学之鲸”，科塔萨尔惊叹之余不禁评上一句：“你真是个疯狂的神人！”在莱萨玛·利马的诗学小说《天堂》（*Paradiso*）第233页也有评语：“绝妙的一页”。阿根廷作家与古巴诗人似乎只见过一次，但称得上是倾盖如故。在这本《天堂》的扉页上，莱萨玛·利马用整齐的字体写了长长的献词：

给我亲爱的朋友胡里奥·科塔萨尔，就在收到

> 您精彩的《跳房子》的同一天，我给您寄
> 出了我的《天堂》。您与我之间虽然过往
> 极少，但却有极深的情感，有时我把这
> 归因于共同的巴斯克祖先，但也有时我
> 觉得我们好像上过同一所中学，或者
> 生活在同一个街区，或者我们之中的
> 一个入睡的时候，另一个醒着在幸运之光中
> 阅读。
> ……

为这部小说的出版，科塔萨尔曾出力斡旋，与妻子到印度旅行时还带着《天堂》的稿子。一想到在1968年的新德里，墨西哥驻印度大使馆的某处露台上，胡里奥·科塔萨尔为奥克塔维奥·帕斯朗读莱萨玛·利马的《天堂》的景象，我就难免激动到微微眩晕的地步。

| 5 |

我以前没有想过，一本本书上的扉页献词串联起来，

也能勾勒出一个人的生命历程，一颗心的陨落轨迹。阿根廷女诗人阿莱杭德娜·皮扎尼克（Alejandra Pizarnik）在巴黎与科塔萨尔夫妇结识，回到布宜诺斯艾利斯后仍然保持联系，成为他们两人亲密无间的诗歌小妹。在赞美了诗集《工作与黑夜》（*Los trabajos y las noches*）的装帧和用纸，又拿封面设计“诗意的情色”开过玩笑以后，科塔萨尔在1965年7月给皮扎尼克的长信中说：“你的诗让我难过……每一行里都如此是你自己，如此含蓄的清晰。”

在科塔萨尔的书房里有皮扎尼克的十几部诗作，从《失落的冒险》(1958)直到诗人自杀三年后出版的《词语的欲望》(1975)。阿莱杭德娜的献词或长或短，却全是极亲昵的调子，孩童般稚拙工整的小字，有时候还会用上一种以上的颜色：

> 给我的胡里奥，附带很多个吻在额头，在蓝眼睛周围。（我想念你。）你的文字小友，阿莱杭德娜。

> 给我亲爱的奥萝拉和胡里奥：
> 这本被囚的狄亚娜之树
> ——我保证要好好的

还要写更纯净美好的诗

——如果她们在等我的话。

还有最重要的

一个巨大又详细的拥抱

（意思是 :2）

阿莱杭德娜

给奥萝拉，

给胡里奥，

有爱，

无疯狂，

有常春藤（hiedra），

无石坷垓（piedra），

有活力和勇敢（bravura），

却不要疯癫（locura），

有怀抱（brazo），

无坏草（brezo），

有 2+2-43

一个和两个

拥抱

以及一艘幽灵船

出航。

阿莱杭德娜

但到了1970年12月的献词，字迹突然变得散乱潦草，从三个不同方向蔓延整页："我太过分了，我猜。我已经失去，你的老阿莱杭德娜的老朋友，她害怕一切（现在，哦胡里奥！）除了疯狂和死亡。（我已经在医院住了两个月。精神恍惚以及自杀未遂，唉。）"

我特意借来阿莱杭德娜·皮扎尼克的诗集，里面果然有献给科塔萨尔夫妇的诗。但却是另一首小诗给我印象更深。在《狄安娜之树》（*Árbol de Diana*, 1962）里的第一首，只有三行：

我已完成从自己到黎明的跳跃。

我已留下身体挨近光芒。

我已歌唱诞生者的悲伤。

| 6 |

我有时想我们为何爱请作者签名。虽然我不是签名收集者，但还是请奥萝拉、富恩特斯和卡德纳尔签过名（见过略萨几次，但终究没好意思叨扰）。仿佛背后蕴含着开光，启明，某种灵氛的让渡效果。如果蒙作者献词更是加一等的运气，好像从此分有了这些文字的归属，真切纳入自己书房的版图。

只是我没想过作者献词也可以成为一种虚构文体。科塔萨尔书房里有本英国作家德·昆西的书，扉页上几行英文：

> 致胡里奥·科塔萨尔
>
> （我印象里，好像是
>
> 济慈先生的朋友？）
>
> 托马斯·德·昆西

鉴于德·昆西死于1859年，而科塔萨尔出生于1914年，这“作者献词”当然是科塔萨尔（或他的某位克罗诺皮奥朋友？）的恶作剧，还不忘影射献词对象对诗人济慈的巨大热情。我忽然由此获得灵感，以后的文学史课上倒不妨让学生每人选一本西语文学作品，自行撰写一段作者献词……

| 7 |

科塔萨尔的妻子奥萝拉曾是卡尔维诺的西班牙语译者。在《看不见的城市》扉页上，伊塔洛·卡尔维诺写道：

> 致胡里奥，真实城市的易形者
>
> 伊塔洛

这让人想起科塔萨尔去世前对奥萝拉说的话："不要担心，我就要去我的城市了。"他生前也曾跟友人提起过这属于自己的神秘"城市"。研究者莫衷一是，各自推测那城市的形状，究竟像巴黎多些，还是像布宜诺斯艾利斯多些。与博尔赫斯《环形废墟》里主人公的遭遇相仿，那城市是他梦中持之以恒的造物，迷路艺术的操练场。写到这里我才意识到：借助想象的区划，穿越爱与死的边疆，“我的城市”可能就是私人乌托邦版本的书房式天堂。

| 8 |

西班牙作家恩里克· 比拉 - 马塔斯（Enrique Vila-Matas）显然很喜欢下面这句话，因为他在不同的作品中不止一次援引（据说录自法国某精神病院的墙壁）：

Je voyage pour connaître ma géographie.

我旅行是为了懂得我自己的地理。

把阅读比作旅行可能是最古老的比喻之一：另一意义上的 Homo viator。书房就是旅行的起点和归宿。科塔萨尔也热爱这种原地不动的旅行，就像他自己的书名：八十世界环游一天。《科塔萨尔与书》的作者在全书最后分享了他心爱的轶事，提供了另一种殊途同归的书房意象。五十年代科塔萨尔夫妇在意大利旅行，为了减轻行囊，他们决定只在报刊亭买那些纸张粗劣的廉价简装书。每次由科塔萨尔先看，看完一页就撕下来递给身边的奥萝拉，奥萝拉看完就随手从车窗丢出去。于是意大利从南到北的铁路沿线都是科塔萨尔的空中书房，即生即灭的阅读轨迹，暗合《百年孤独》里的描写：“仿佛将一首飞逝的长诗撕成碎片向着遗忘之乡一路抛洒。”

| 9 |

罗伯托·波拉尼奥成名以后，常有人问他，把自己看作智利人（他出生的地方），墨西哥人（他青年时代流连的地方），还是西班牙人（他流亡的终点）。他回答：我是拉美人。后来大约是厌倦了这一类问题，波拉尼奥说：我的书在哪里，哪里就是我的祖国。

阳台记

纪念 Felisberto Hernández (1902 － 1964）

｜1｜

几次去西班牙，前两年住的地方都有小阳台，而最后一年没有，虽然也有个看得见风景的房间。

第一年住的是三层的小公寓楼，阳台对面近在咫尺的地方是荒废的旧宅，据说是很久以前的军队医院。完全没有风景可言且不说，还有几分吓人。某次去超市，顺便带了两盆小植物回来。后来的情景写成这样几句：

阳台上传来有趣的声音

是风吹着衣架在晾衣绳上滑行

塑料小花盆在地上翻来滚去

枯干的罗勒无动于衷

第二年搬了家，是达雾罗河边的老房子，阳台正对着山上的阿尔罕布拉宫。阳台很小，大概只能并排站两个人，脚下踩着一楼小餐馆排风扇的呜呜声。从阳台上看过四月圣周的游行，一月南方难得的雪。

第三年没有阳台，打开窗户能看到高处格拉纳达的古城墙，夏天的玉兰树想把枝叶伸进屋来。现在想起阳台是因为刚读了菲利斯贝尔多的《阳台》。

| 2 |

菲利斯贝尔多·埃尔南德斯是阿根廷人。今年是他去世五十周年。他在写小说之前是钢琴家，但不是一般印象中那种昂然出入堂皇乐厅的钢琴家。他演奏的地方是咖啡馆，电影院——默片时代的电影院里常有钢琴伴奏。后来改写小说，也碰上几位知音，但直到死也没有太多人知晓。多年以后，他的作品被重新“发现”，评论家说他有与众不同的气息。我只读过他的一个短篇：《阳台》。

主人公和小说家一样，是位钢琴家。一次到外地演出结束，一位老人上来搭话，说很遗憾，自己的女儿没能来，但却没有说明原因。两人说着话，走进旁边的咖啡馆，告别的时候已经约好了第二天共进晚餐。钢琴家如约来到老人家，走进庭院，上了楼梯，游廊里五颜六色的雨伞一字排开。老人说那是女儿的爱好，喜欢将雨伞敞开陈列。二人直走到楼上少女的房间，她并未出迎。从敞开的门口正好看到，她坐在房间里的小阳台上。

客人看见了钢琴，这里的描述很是奇异，不说琴键因年久变色，却说那钢琴露出“泛黄的微笑，一副无辜的神情”。客人想要弹奏，他本为此而来，却被少女拦阻：我们还是饭后再听您的琴声，因为我母亲在世的时候总是饭后为我们弹奏。这样也给钢琴一个怀念母亲的机会，它是她的朋友。客人笑了：那也一定是您的朋友了。不，女孩回答，不是我的朋友。我唯一的朋友是我房间的阳台。

晚饭时气氛微妙。女孩为客人念起自己写的诗，题目是睡衣。写的就是女孩自己的白睡衣。探讨身边的事物或许有自己的隐秘生活。直到客人开始讲笑话，气氛才活跃起来，最后宾主尽欢。钢琴家留宿在楼上的房间。

早上起来听见楼下父女的聊天，在为某位女士的多舛命运感慨。后来老人偷偷告诉客人，谈话中那位女士的情感纠葛种种，全是自己女儿的想象：她从小喜欢坐在阳台上，把看见的行人编成故事讲给父亲，而后者只有配合。如今又有了新的听众，老人恳请他一起入戏。钢琴家惶惑中告辞，几天后接到老人电话，请他务必上门，仍不肯说明原因。钢琴家无奈之下，再次造访，又被老人一路延请到少女的房间。他一进门，老人就不见了踪迹。他发现屋内依旧，阳台却不见了。

——阳台掉下去了？

——不，阳台跳下去了。

钢琴家不明白。

都是因为嫉妒，少女向他解释，都是我的错——阳台知道那天晚上我去了您的房间。

钢琴家不知道怎样回答，只能问：您怎么知道……

您不记得那天晚上我给您读诗的时候，地板上突然出现了一只黑蜘蛛？少女镇静地回答：那就是阳台发出的警告。

钢琴家不知说什么好，眼看着少女站起身来，走向已经不见了的小阳台，想要拉住她，又犹豫——这时她只穿着诗中描写过的白睡衣。好在她终于停下脚步，在挨近阳台的桌旁坐下，拿起桌上的小黑本，开始朗读她的新诗：

阳台的遗孀……

就这样钢琴家菲利斯贝尔多，用小说把所有的读者变成“阳台的遗孀”。

| 3 |

《从文家书》里说：“我这一辈子，走过许多地方的路，行过许多地方的桥，看过许多次数的云……”我大约也可以说自己看过许多地方的阳台。作为公共空间与私密天地之间的暧昧交集，阳台的优势是明显的：既凌驾于虚空之上，又依附于坚实的楼体；既做出倾身关注的姿态，但也仅仅是姿态而已。今年四月在哥伦比亚卡塔赫纳城的那几天，我选了老城区一家小旅社，离玻利瓦尔的故居不远，离马尔克斯当年露宿街头的地方也不远。我拿着地图在街巷间游荡，向着海边的方向走过去，寻找《霍乱时期的爱情》中的剧院原型。一路上遇见阳台无数，或石或木，雪白或斑斓，素净无尘的，花团锦簇的。回到旅社才发现，自己房间里也自带一个临街的小阳台。地方很小，将将能放下一把椅子，容下一双观看的眼。看风景的人可以成为风景，阳台自己也可能是主人公：烈日下紧闭的门窗后或夜间迷离的灯影中，会有多少《阳台》的故事？

麦德林地狱变

本可以是天堂，却变成了地狱。

——Héctor Abad Facionlince, Angosta

《杀手圣母》(*La Virgen de los Sicarios*)的作者名叫费尔南多·巴列霍（Fernando Vallejo）。有朋友听见就感慨：大诗人也能写好小说！哦不，这位巴列霍不是《人类诗篇》的作者，秘鲁诗人塞萨尔·巴列霍（César Vallejo）。他写的也不是《人类诗篇》，倒更像是但丁的《地狱篇》：

这地狱名叫麦德林。

四季如春的麦德林（Medellín），哥伦比亚第二大城市，世人印象中的可卡因之都，毒品和暴力的代名词。美国前毒品管制局局长说，与麦德林的毒品集团相比，美国的黑手党就像小学里的学生，日本的山口组就像教堂里的唱诗班。很少有人记得这里也是诗人莱昂·德·格雷伊夫（León de Greiff）的出生地（俄文译者说他是天上的星系，而其他诗人都在地上），浪漫主义大家豪尔赫·伊萨克斯（Jorge Isaacs）的安息所，而另一位叫豪尔赫的小说家，刚刚获得2014年西班牙丰泉奖的豪尔赫·佛朗哥（Jorge Franco）也是麦德林人，他的小说《外面的世界》和加西亚·马尔克斯的《绑架的消息》一样，都围绕一桩绑架案展开，但佛朗哥在风格上与他的前辈完全不同，被称为黑色电影版的中世纪童话，仿佛"格林兄弟与科恩兄弟"在麦德林携起手来……

小说主人公多年以后重返故乡："我的麦德林，仇恨之都，撒旦广袤国度的心脏。"只需举出两个细节读者就能了解，在小说家自己的笔下，八十年代到九十年代初的麦德林是怎样的所在。一处是主人公睡前的感慨："伴着枪声睡觉比雨声更好——在床上更有安全感……"另一处是教堂对面角落里的标语："此处禁止乱丢尸体。"

麦德林没有贝雅特里采(准确地说,不需要),也没有《霍乱时期的爱情》里那种加勒比式的卡萨诺瓦。主人公“我”先后爱上的是两个祖母绿眼睛的男孩,他们的职业是杀手(死神是他的维吉尔)。他们给钱就杀人,有时候没钱也杀人,有了钱就去买美国牌子的运动服运动鞋,他们最心爱的奢侈玩具是乌兹微冲…… 对了,小说标题的另一半是“圣母”:杀手男孩们都是圣母的虔诚信徒,他们向那位完美的母亲祈求、许愿、还愿、再祈求……杀手永远不离身的有三个护身符:脖间,小臂和脚踝,分别保佑:有活儿干,不失手,不被欠款。他们甚至用被祝福过的圣水煮子弹,据说效果非常明显——“我”这样描写自己情人的枪法:“朝他额头开了一枪,打在正中,就在圣灰星期三给你画十字的地方。”

被少年杀手们称为“音乐”的东西在“我”眼里是灾难性的噪音,但从未读过一本书这一点却成为“我”爱上他们的重要原因:“……未被铅字玷污的纯洁”。按照这样谐谑的反智逻辑,主人公自己无疑已被深深“玷污”。作为出版过专著的语法学者,职业习惯促使他格外关注杀手少年的行话："那个条子爱上我了"不是说那警察是同性恋，而是说警察想杀了我。爱上即杀死——贫民窟用语中被他发掘出古老的爱与死（Eros y Tánatos）母题。曾经有评论家在这部小说里看出几乎同样古老的"引诱者"传统：《浮士德》中的靡菲斯特，《洛丽塔》中的亨伯特，以及西班牙古典文学中的拉皮条女人塞莱斯蒂娜。但也有人认为从反成长小说的角度来解读更合适，因为这里的年少者没有按常理接受年长者的人生启迪，反而是后者在前者身上学习和感悟。小说第一人称的忏悔模式又暗中与西班牙黄金世纪的流浪汉小说《小癞子》《骗子外传》遥相呼应，只是"我"所讲述的不是自己的故事，而是身边少年的杀戮生涯，非但不阻止也未按照古典套路在讲述之余或真或假地表示痛悔，反而对令人发指的罪行表示赞赏："怎样杜绝青少年犯罪？——灭绝儿童。"因为他深信在无可救药的国度，毁灭天使为行善使者，日常暴力即残酷诗歌："如果真的每个人代表一颗星，你得打灭多少？你这一路走过来，天空都黯淡了。"耶鲁大学的罗伯特·冈萨雷斯·埃切瓦里亚（Roberto González Echevarría）在《现代拉美文学导论》里假设，如果尼采改行，写出来的或许就是这样的小说。

在对各类传统的颠覆和继承之余，小说家时常毫无敬意地向诸多文学正典致敬：

> 在胡宁街，我们不小心撞到了一个家伙。“你们不会走路吗，死娘炮，”他对我们嚷嚷，“还是说你们不会看……”就这样，谁能想到，他这辈子说的最后一个字是“看”……他再也看不见了。这些死人睁着眼睛但看不见。而看不见的眼睛，即使别人能看见它们，也不能算是眼睛，深刻的诗人马查多曾经富于洞见地指出这一点。

这里影射的当然是安东尼奥·马查多（Antonio Machado）的名句：

> 你看见的眼睛不是
> 因为你看见它才是眼睛：
> 眼睛是眼睛因为看见了你。

卡斯蒂利亚的大诗人估计不会想到，有朝一日自己隽永玄奥的诗行会被故意“按字面理解”，成为新大陆日常罪行的绝妙反讽。

另一次“我”与少年杀手在咖啡馆吃饭，因抱怨餐厅不提供整张的餐巾纸而被女招待鄙视，后续情节毫不意外：少年开枪，从此女招待永远不会再鄙视客人。离去之余，主人公“我”不忘拿《罪与罚》的主人公开涮：

> “这儿吃的不错，以后再来。”当然您能理解，我们再也没去过。回到以前的地方是陀思妥耶夫斯基的那套蠢话。他杀了老太太还回去，可我不。回去干嘛？在麦德林有的是咖啡馆。

当暴力成为最寻常的现实底色，一切深刻的文学梗都化作荒谬的笑柄。这里没有裹在被单里升天的处女或饮用热巧克力就能拔地而起的神甫（除非被炸飞），没有复活的死人，没有延续百年的家族，只有注定无结果的同性爱恋，和从不衰老的少年（变老前已将杀人和被杀的宿命完成）。

没有被神秘雨林环绕的伊甸乐园马孔多，只有被贫民窟环绕的深谷幽城麦德林。魔幻现实主义的黄蝴蝶变成地狱上空盘旋的黑秃鹰：

> 我想要这样的归宿——我对阿历克斯说，被这些鸟儿吃掉就可以在天上飞。

这就是引诱者费尔南多的救赎之道：杀手是死亡祭司，秃鹰管灵魂搬运。

小说最后主人公告别停尸房里的少年爱人，终于上路，而全书以一首民歌小调结束：

> 祝君好运来，
> 出门汽车撞，
> 火车把膛开。

2014 年 4 月到麦德林的时候还没听过这首歌，不然我大概早没了勇气继续这场旅行。那几天我一直没有机会单独行动，涉足之处都是大学、图书馆、电视台、书店……

我不能确定，是自己匆匆几日游客掠影不足为凭，还是毒品之都的暗影早已时过境迁（1993 年 12 月麦德林贩毒集团的大毒枭巴勃罗 · 埃斯科瓦尔被击毙），总之除了观景台上远远瞥见的贫民区，以及进入大学校园时严格的安检，我印象中的麦德林与费尔南多 · 巴列霍笔下的罪恶之城似乎毫无交集。但那时候我还没读过 1994 年出版的这本《杀手圣母》。要等离开哥伦比亚 8 个月后，我才遇见小说主人公的这句话：

“不是我编造出这现实，是这现实编造出我来。”

时间旅行者的妻子

| 1 |

为了翻译智利作家罗伯托·波拉尼奥的诗集《未知大学》，我找来读了《谋杀穆罕默德的男人》。作者是美国科幻作家阿尔弗雷德·贝斯特（Alfred Bester，1913—1987）。是他发明了“未知大学”。故事可能是这样：

未知大学教授亨利·哈塞尔回家时撞见自己的妻子躺在另一个男人的怀里。他一怒之下，花 7 分半钟发明了一架时间机器。他回到过去找到妻子的祖父：

——您是J先生?

——哦是的。

——您儿子是不是叫埃德加·爱伦·J,就因为您不幸地喜欢爱伦·坡?

——哦恐怕不是，我还单身呢。

——哦您会有这个儿子的，我不幸地娶了您儿子的女儿。抱歉。

说着他开了枪。他回到现在，发现妻子仍在那男人的怀里。他试图抹去妻子存在的努力失败。他一次又一次回到过去，去二十世纪初的巴黎提前教给居里夫人核聚变，回到1775年的弗吉尼亚州杀了一个叫乔治·华盛顿的人，然后先后刺杀了哥伦布、拿破仑、穆罕默德……当他回到家里，发现妻子还在。那个。男人。的怀里。他在发疯的边缘听见有人跟他说话，说话的是“我”，故事的叙述者:

——我在1975年也发明了时间机器，本来是为了去更新世看乳齿象。但我发现自己在过去的所作所为（即使刺杀了马可·波罗、爱因斯坦……）都不能改变现在的世界:哥伦布仍在1492年发现新大陆。亨利的妻子仍在那男人怀里。因为时间是私人经验。不存在普世的连续统一体。每个人都有自己的过去，每个人都无法干扰别人的过去，就像一串珍珠项链，每颗珍珠之间紧密连接，但都自成一体。所有的时间旅行者都只是在自己的个人时间中旅行。时间旅行者永不会相遇。你与我都改变和消抹了各自的过去，其他人的世界依然继续，但我们不再存在。

| 2 |

另一则故事《古代史》同样与婚姻不幸的时间旅行者有关。收录在小说集《阿根廷史》中。作者是阿根廷作家罗德里戈·弗雷散（Rodrigo Fresán）。

从前在布宜诺斯艾利斯，有个男人结了婚，但并不幸福。为了打发时间，他研究阿兹特克帝国衰亡史。（读到这里我想到的却是卞之琳：海外的奢侈品舶来你胸前,/ 我想要研究交通史。）

通过研究他发现，拯救一个帝国比拯救一桩婚姻更容易。他睡着了，醒来的时候发现自己回到了阿兹特克帝国。他忽然能说阿兹特克人的语言，而且因为金发碧眼被阿兹特克人当作传说中的羽蛇神Quezalcoatl。他发现自己穿越的时间比西班牙征服者早了十年。于是他决定抓紧时间，拯救阿兹特克帝国。他教Moctezuma（阿兹特克的末代皇帝）说西班牙语。等征服者埃尔南·科尔特斯带着西班牙人乘船来到墨西哥，阿兹特克人的皇帝用流利的西班牙语表示欢迎，询问大洋彼岸的女王可好，宣告自己也是天主教徒，并且早废除了人祭。征服者科尔特斯恼羞成怒，灭掉了阿兹特克帝国。他才明白一个人无法改变过去，就回到自己的时代，离了婚。

| 3 |

这两则故事告诉我们：发明时间机器，学习古代史或西班牙语，都不足以拯救一个帝国，更无法拯救一桩婚姻。（写小说或许可以。）

| 4 |

这两则故事并没有告诉我们，时间旅行者的妻子们是怎么想的。所以这两个故事也可以从妻子的角度再写一遍。

乌纳穆诺，或“说不的人”

Miguel de Unamuno

（1864 – 1936）

In Memoriam

一九三六年十月十二日的开学典礼上，校长米盖尔·德·乌纳穆诺(Miguel de Unamuno)一开始并未准备发言。

三十六年前，恰好在他三十六岁的时候第一次被任命为建校于一二一八年、西班牙最古老的大学萨拉曼卡大学的校长，后来因政治原因被政府免职。一九二四年被选为副校长，又因抨击国王阿丰索十三世及独裁者普里莫·德·里韦拉 (Primo de Rivera) 而遭免职和流放。到共和国时期重返校长职位，但他又渐渐对总统阿萨尼亚（Manuel Azaña）任上的土地改革、宗教政策等感到失望，因而在内战爆发初期一度支持佛朗哥的国民军，被阿萨尼亚下令解职但随即被佛朗哥政府复职。一九三六年的开学典礼上，七十二岁的乌纳穆诺已再次希望幻灭，悔不该当初支持如今内战的胜利者——他们并不是自己想象中西方文明的捍卫者。就在月初乌纳穆诺刚刚面见佛朗哥，为身陷囹圄的好友、门生求情而未果。他还不知道，十天后他昔日的学生、格拉纳达大学校长萨尔瓦多·比拉·埃尔南德斯（Salvador Vila Hernández）将被枪杀，就在同年八月诗人洛尔迦被害处不远的地方。此时此刻，校长乌纳穆诺衣兜里没有发言稿，只有一位女士求他斡旋营救自己丈夫的信件。

八十年后的今天，中国读者已经从《生命的悲剧意识》了解到他是西班牙“九八年一代”的思想家，从《迷雾》或《殉教者“好人”圣曼努埃尔》了解到他是西班牙现代文学史上举足轻重的人物，但在纪念西班牙内战爆发八十周年的今天，或许仍有必要听听乌纳穆诺最后一次公开讲演的声音。

那一年开学典礼的主席台上同列的还有佛朗哥的夫人卡门·波罗（Carmen Polo de Franco）、萨拉曼卡主教等政要，以及独眼独臂的何塞·米连-阿斯特赖（José Millán-Astray）将军——他将因为这一天与乌纳穆诺的对峙而史上留名。那一天十月十二日，也是纪念“发现”美洲的“民族日”，如今西班牙的国庆日。听到有人将加泰罗尼亚和巴斯克比作“西班牙身上的毒瘤”，乌纳穆诺终于起身发言：

> ……我知道你们在期待我讲话，因为你们了解我，知道我不会在这种时刻沉默。因为沉默有时候会被理解为默认……主教先生是加泰罗尼亚人，而正是他教导你们基督的教义，那是你们不懂得的；我是巴斯克人，而我一生都在教导你们西班牙语，那是你们没学会的。真正的帝国是西班牙语，那也是黎刹所说的语言，和杀死他的刽子手所说的语言一样……

乌纳穆诺的话被听众激烈的反应打断。愤怒的米连-

阿斯特赖将军用他幸存的独臂猛敲桌子要求发言——真正激怒他的是乌纳穆诺提到了菲律宾民族英雄何塞·黎刹(José Rizal)的名字，而米连-阿斯特赖在军中的功业正是从十七岁时赴菲律宾镇压他加禄人的独立运动起始。据说米连-阿斯特赖将军就在此时喊出了那句臭名昭著的口号:“知识分子去死！”以及“死亡万岁！”

将军按当时风行的套路向群众呼喊：“西班牙！”

听众山呼回应：“独一！”

将军再喊：“西班牙！”

听众回应：“伟大！”

将军三呼：“西班牙！”

听众回应：“自由！”

就在长枪党人纷纷向墙上悬挂的佛朗哥像致举手礼，台下一片群情汹涌之际，校长乌纳穆诺继续他的讲话：

> 我刚刚听见有人喊：死亡万岁！我毕生都在创造悖论而惹恼那些不理解的人，作为这一领域的权威我必须告诉你们，你们所喊的是一个荒谬可厌的悖论。……米连-阿斯特赖将军是个战争中负伤的残疾

人。塞万提斯也是。不幸的是我们如今在西班牙有太多的残疾人，今后还会更多，如果上帝不帮助我们的话。我一想到会由米连-阿斯特赖将军这样的人来指导民众的心理就十分痛苦。一个缺乏塞万提斯那样伟大精神的残疾人将乐于看到身边遍布残疾人。米连-阿斯特赖将军不是合适的人选：他想建立一个新的西班牙，按照他的形象。所以他想看到的是一个残疾的西班牙……

这里是知识的圣殿而我正是她的大祭司。你们在亵渎她的圣所。

乌纳穆诺化用了福音书中耶稣的话，“先知在本地是没有人尊敬的”——这位曾把堂吉诃德视为西班牙基督的作家宣告：“我永远是我祖国的先知。”随后便是那句将被无数次征引的名言：

“你们能以力压服，却不能令人心服（Venceréis pero no convenceréis）。”

听到这里，听众中已经有不止一位军官在伸手掏枪。

事态一触即发之际，据说是佛朗哥夫人卡门女士主动要求乌纳穆诺校长挽起自己的手臂，陪他安全离场。乌纳穆诺在一片嘘声中回到自己的住所，数天后收到了被解除校长职务的公文——曾一度力促他申请诺贝尔奖的教授们都在上面签了字。他从此被监视软禁，直到两个多月后去世，死在西班牙灾难之年的最后一天。昔年曾为“西班牙欧洲化还是欧洲西班牙化”与乌纳穆诺激烈论争的哲学家奥尔特加·伊·加塞特（José Ortega y Gasset），在得悉他的死讯后写道：“四分之一个世纪以来，乌纳穆诺的声音一直在西班牙回响。如今这声音永远沉寂，我担心我们的国家将进入可怕的沉默时代。”

乌纳穆诺在一九二八年出版过一本小书，名叫《既反对这个，也反对那个》（*Contra esto y aquello*），被后世评论者视作作家自身的写照，认为他“思想中充满矛盾”，无论国王、独裁者或共和国，无论法西斯主义、无政府主义或马克思主义，都曾加以抨击。西班牙作家哈维尔·塞尔卡斯（Javier Cercas）说自己有一次酒后与朋友狂想完美社会的蓝图，最后一致认为，理想的社会中至少要有三个人：智者，医者，说不的人。智者传授生之道，医者传授死之道，而说不的人则负责，在决定社会前途的关键时刻，在群情汹涌的狂热时刻，有勇气说不。虽千万人吾往矣，不是出于任何利益或虚荣心作祟，只忠于自己真实的想法且言行一致。塞尔卡斯说这就是易卜生的人民公敌，加缪的反抗者，卡夫卡式的主人公。说不的人，代表着知识人的尊严。我想乌纳穆诺也可以加入这个序列。

后记

隐秘动物[1]

| 代后记 |

A

赫尔曼

我和一头隐秘的动物住在一起。

我白天做的事，它晚上吃掉。

我晚上做的事，它白天吃掉。

只给我留下记忆。连我最微小的错误和恐惧

也吃得津津有味。

我不让它睡觉。

---

1 这本小书里的部分文字曾发表于《书城》、《外滩画报》、《新知》、《新京报》、《文艺报》《经济观察报》、《艺术评论》、《鲤》、《文艺风象》、《上海书评》、《旅行家》等刊物，感谢彭伦、顾湘、苗炜、魏然、悦然、竹满、李昶伟、盛韵、陈桢等友人邀约。

我是它的隐秘动物。

为什么要写这些文字？在不同的时候可以找出不同的理由。我忽然发现，上面这首多年前译出的小诗，其实最适合回答这个问题：这些字是我的隐秘动物。写出来为了不让它们睡觉。写出来是为了不被其他动物吃掉。

作者是阿根廷诗人胡安·赫尔曼（Juan Gelman）。

B

波拉尼奥

2124年詹姆斯·乔伊斯将转世化身为中国小孩……

2045年博尔赫斯的作品将是地下读物……

2076年弗吉尼亚·伍尔芙将转世化身为阿根廷女小说家……

2113年保罗·策兰将走出坟墓。2071年安德烈·布勒东将从镜子里复活……

2110年阿莱杭德娜·皮扎尼克将失去最后一位读者。2050年阿尔丰希娜·斯托尔妮将转世托生为猫或海狮，这我无法确定……

那个轻轻的声音不停地说：真有意思！真有意思！你说的有些作家的作品，我没读过。

很喜欢《护身符》[1]里的这段话。至于读者看过以后会不会跟“那个轻轻的声音”说一样的话，“这我无法确定”。

A’

赫尔曼

乌拉圭作家加莱亚诺讲过一个关于“同代人”的故事：

胡安说他时常与身上散发恐惧气息的人相遇，在布宜诺斯艾利斯，巴黎或是其他地方，他觉得这些人不是自己的同代人。但有一个中国人，在几千年前写过一首诗，诗中的牧羊人与自己心爱的女子相距遥远，但却能在雪夜，听到她发梳经过发间的微声。读到这首异域古诗的时候，胡安·赫尔曼认定，他们才是，那位诗人，那位牧羊人和

1 罗伯托·波拉尼奥：《护身符》，赵德明译，上海人民出版社 2013 年版。

那女子才是他的同代人。

那么，这本微薄的小书献给你，隐秘的同代人，“看不见的倾听者”。

二〇一三年冬至，于西班牙格拉纳达

二〇一八年寒露，补订于北大畅春园

跳棺人

| 2019 年新版后记 |

| 一 |

读聂鲁达的自传《我承认，我历经沧桑》，印象最深的，除了他在科伦坡养的那只宠物食蛇獴，就要数阿尔贝托·罗哈斯·希门内斯的故事。据说这位智利诗人一直保持“自发而坚定的波西米亚生活方式”，并且“有着民间故事中王子般的秉性和令人难以置信的慷慨”：他会把一切拿去送人，从帽子、领带到鞋，等能送的都送光了，他会在小纸片上写下一句诗送给你：“仿佛交到你手里的是一颗价值连城的珍宝。”有一天在咖啡馆里，一个陌生人走过来问：

“我能向您提个请求吗？”

“什么？”

“请允许我从您身上跳过去。”

“您这么自信，我坐在这里您就能从我头上跳过去？”

“哦，不，不是现在，等您死了，请允许我从您的棺材上跳过去。我对平生遇到的有趣的人，都用这种方式向他们表达敬意。”（他说话的时候严肃中带着羞涩）“我是个孤独的人，这是我唯一的消遣。”（他掏出个记事本）“这上面记的都是我跳过的人。”

阿尔贝托·罗哈斯·希门内斯欣然同意。

若干年后，诗人死于圣地亚哥最多雨的冬天。电闪雷鸣的守灵夜，门开了，进来一位谁也不认识的吊客，浑身淋得精透，几步助跑后从棺材上跳了过去。随后，一言不发，又消失在暴雨和夜色中，仿佛从来没有出现过一样。

得知噩耗的时候，聂鲁达刚刚到西班牙。他和另一位朋友扛着近一人高的大蜡烛去巴塞罗那古老神秘的海之圣母大教堂，为大洋彼岸的诗人守灵，还写了一首《阿尔贝托·罗哈斯·希门内斯飞翔》的哀歌。后世不少读者都是因为这首诗才知道阿尔贝托·罗哈斯·希门内斯的名字，而我还要感谢聂鲁达记下跳棺人的故事。

| 二 |

将近半个世纪后，另一位智利诗人漂洋过海来到巴塞罗那，他叫罗伯托·波拉尼奥。他除了打零工，卖旅游纪念品，值夜看露营地以外，还写诗，写小说，写诗。直到后来他的《荒野侦探》得了国际大奖，从此声誉日隆，而这时离他去世只剩下屈指可数的几年。他自己也知道，所以更疯狂地写作，如果还能更疯狂的话。未竟的巨著《2666》按他的本意，是想分多卷出版，为妻儿的生计多一份保证。迟来的荣誉也不是全无好处，比如他早年的诗歌得以结集出版，就是一本厚厚的《未知大学》。

| 三 |

1. 这不是一部诗集。
2. 这是一份文学病人的病历。

3. 这是一部分行（但不一定押韵）的黑白公路电影。

4. 这是《荒野侦探》的官方同人（Copyright ©2666）。

5. 这是拉美青年艺术家的画像 X 护身符 X 袖珍黑洞拼图。

6. 这是一本诗体“小说”——如果《2666》也是一首一千页的叙事诗的话。

7. 这是一种反抒情（这甜腻之霾！）的大颗粒反诗歌。

8. 这是尼卡诺尔·帕拉开着“海之星”飞碟在墨西哥城上空用气体写成的恒定青春版《解放神学》。

9. 这是写给一代（被）革命（诱惑又抛弃的）孤儿的情歌。

10. 忘掉上面所有的建议。

——摘自“阅读《未名大学》的不可（不）听的十个建议”

| 四 |

波拉尼奥在小说《邀舞卡》里温和地嘲笑过聂鲁达，

也同时自嘲："必须消灭父辈，这个诗人是纯粹的孤儿"。读者都知道，他更推崇的是另一位智利大诗人，年过百岁的诗坛老顽童尼卡诺尔·帕拉。其实波拉尼奥与聂鲁达之间，有着出乎当事人意料的相同点：聂鲁达活着的时候就已经成为神话——他的自传功不可没；而波拉尼奥在因肝癌去世后，也变成了新世纪西语文坛的神话。虽然风格天差地别，《未知大学》也可算是另一版本的《我承认，我历经沧桑》，只不过后者是成名后的回首话往事，前者是文学病人的写作余生录。

| 五 |

看望病人

那是 1976 年革命已经失败

但我们还不知道。

我们 22，23 岁。

我和马里奥·圣地亚哥走在一条黑白街道上。

在街尽头，一个好像从五十年代电影里蹦出来的社区中，有达里奥·加利西亚父母的家。

那是1976年他们给达里奥·加利西亚做了开颅手术。

他活着，革命失败了，天气很好

虽然云团从北方来，正越过山谷慢慢逼近。

达里奥靠在长沙发上见我们。

但之前我们已经和他父母聊过，年迈的松鼠先生和太太，他们从梦中悬停的青翠枝条观望森林如何燃烧。

他母亲看着我们却没有看到我们或者看到了我们身上

自己不知道的东西。

那是1976年虽然所有的门都仿佛敞开，

其实，只要我们留心听，就能听见

一扇扇门在关闭。

门：金属隔档，钢板加固，一扇接一扇关闭在无限的电影里。

但我们22或23岁的时候不会被无限吓到。

他们给达里奥·加利西亚做了开颅手术——两次！

其中一个动脉瘤在梦中崩裂。

朋友们说他失去了记忆。

就这样，我和马里奥穿过四十年代的墨西哥电影
来看他消瘦的手在膝头摆出安详等待的姿势。
那是 1976 年在墨西哥朋友们都说达里奥忘记了一切，
甚至忘了自己是同性恋。
达里奥的父亲说坏事也能变好事。
外面大雨倾盆：
在社区的院子里雨水冲刷着楼梯
和过道
然后滑过“丁丹”，“弹簧腿”和“痉挛脸”的脸
以及被他们遮掩的半透明的 1976 年。
达里奥开始说话。他很兴奋。
很高兴我们来看他。
他的声音好像鸟叫：尖利，另一种声音，
仿佛他们对他的声带做了些什么。
他头发长起来但还能看见开颅手术的伤疤。
我很好，他说。
有时候梦真的很单调。
角落，陌生的局域，但总在同一个梦里。

他当然没忘记自己是同性恋（我们笑了），

就像没有忘记呼吸。

我差点死了，他想了半天后说道。

有那么一刻我们以为他会哭。

但哭的人不是他。

也不是我和马里奥。

然而某人哭了当黄昏以惊人的缓慢降临时。

达里奥说：最终逃亡 又说起和他一起住院的贝拉和其他我和马里奥不认识的脸现在他也不认得了。

四五十年代电影里的黑白逃亡。

佩德罗·因方特和托尼·阿吉拉尔穿着警服

骑着摩托游荡在墨西哥的无限黄昏。

某人哭了但不是我们。

只要我们留心听就能听见历史或命运的摔门声。

但实际上我们只听见某人哭泣的抽噎

在某处。

马里奥开始读诗。

他给达里奥读诗，马里奥的声音太好听而外边正落雨，达里奥低声说他喜欢法国诗人。

只有他，马里奥和我才知道的诗人。

当年的不可想象之城巴黎为自杀而双眼泛红的年轻人。

他多么喜欢！

就像我喜欢 1968 年的墨西哥街道。

我那时十五岁刚刚来到。

是个十五岁的移民但墨西哥的街道告诉我的第一件事

就是那里所有的人都是移民，灵魂移民。

啊，美丽的，从未过分谨慎的，可怕的

墨西哥街道悬在深渊

而世界上的其它城市

都落入单一和沉默。

而那些年轻人，勇敢的同性恋年轻人好像印刻的圣像在那些年间发光，

从 1968 到 1976。

好像一条时光暗道，在你最意外之处出现的坑穴，

基佬少年形而上的坑穴，他们面对——比任何人

都勇敢！——诗歌与不幸。

但那是1976年达里奥·加利西亚的头上有抹不掉的开颅印记。

那是告别前的一年
好像一只嗑了药的大鸟
飞过停滞在时间中的
街区死巷。
好像一条乌黑尿液的河环绕墨西哥的主动脉，
被查普特佩克的黑老鼠谈论和游历，
词语之河，迷失在时间中的街区的流动之环。
尽管马里奥的声音和达里奥如今
动画片似的尖利声音
使我们不幸的空气里充满热度，
我仍知道在那些以预先的怜悯观看我们的形象里，
在墨西哥受难的透明圣像里，
潜伏着大忠告和大宽恕，
那无法命名的，梦想的片段，多年以后
我们将用不同的名字称之为失败。
真诗歌的失败，我们用血写成的诗歌。

也用精液和汗水，达里奥说。

也用眼泪，马里奥说。

尽管我们三个人都没有哭。

六

上面诗中的达里奥·加利西亚(Darío Galicia)实有其人。是波拉尼奥好友，《荒野侦探》中诗人埃内斯托·圣埃皮法尼奥的原型。据说他曾试图建立一个同性恋共产主义政党。就在诗中明确提及的1976年，他接受开颅手术，被切除两个动脉瘤后，不再写作。

七

波拉尼奥说过，他写下的所有东西都是给他那一代人的情书。

关于这本《诗人的迟缓》，我也有小小的野心和奢望：希望她成为“情书”和“邀舞卡”。

有读者封我为“拉美文学头号迷弟”，有读者说“被撩拨得想要按图索骥”……这给了我很大的鼓励。

《迟缓》里提到的书，让我知道了一些名字，不读这些书可能永远不会知道的名字。怀着兴奋和感谢的心，邀请你和我一起，一次又一次从棺材上跳过去。

图书在版编目（CIP）数据

诗人的迟缓 / 范晔著. -- 上海：东方出版中心，2020.1
（胭砚计划）
ISBN 978-7-5473-1477-7

Ⅰ.①诗… Ⅱ.①范… Ⅲ.①世界文学－文学研究 Ⅳ.①I106

中国版本图书馆CIP数据核字(2019)第129216号

诗人的迟缓

著　　者　范　晔
统筹策划　彭毅文
责任编辑　彭毅文
装帧设计　任凌云

出版发行：东方出版中心
地　　址：上海市仙霞路 345 号
邮政编码：200336
电　　话：021-62417400
印 刷 者：上海盛通时代印刷有限公司

开　　本：787mm×1092mm 1/32
印　　张：10.375
字　　数：160 千字
版　　次：2020 年 1 月第 1 版
印　　次：2020 年 1 月第 1 次印刷
定　　价：58.00 元

胭砚计划（按出版时间顺序）：

《天命与剑：帝制时代的合法性焦虑》，张明扬著

《送你一颗子弹》，刘瑜著

《暴走军国：近代日本的战争记忆》，沙青青著

《一茶，猫与四季》，小林一茶著

《摩登中华：从帝国到民国》，贾葭著

《说吧，医生 1》，吕洛衿著

《说吧，医生 2》，吕洛衿著

《我爱问连岳 6》，连岳著

《国家根本与皇帝世仆——清代旗人的法律地位》，鹿智钧著

《父母等恩：〈孝慈录〉与明代母服的理念及其实践》，萧琪著

《故事新编》，刘以鬯著

《下周很重要》，连岳著

《亲爱的老爱尔兰》，邱方哲著

《诗人的迟缓》，范晔著

《群山自黄金》，莱奥波尔多·卢贡内斯著